アントワーヌ・コンパニョン

書簡の時代

ロラン・バルト晩年の肖像

中地義和訳

みすず書房

L'ÂGE DES LETTRES

by

Antoine Compagnon

ロラン・バルトは、一九七八年に行なったある講演を、「プルーストと私」と題そうと考えていた。熟慮のすえ、「長いこと、私は早めに寝むことにしていた」[1]という題にしたのだが、意味するところはほぼ同じだった。彼は、「プルーストと私」という表現にうぬぼれを見てとったわけではない。一人の証言者ではなく彼自身が用いる場合、この表現は比較の観念をまったく含まず、一個の同一化を明かすものだ、というのが彼の言い分だった。プルーストの高みに自分を持ち上げるどころか、つつましく従うことで満足していたのだ。

彼の考えるところを私が正しく汲み取っているとすれば、もし私が以下に読まれる内容を「ロランと私」と名づけていたなら、思い上がりを犯してしまっていただろう、私は一人の証言者で、

1 プルースト『失われた時を求めて』冒頭第一文。『スワン家のほうへI』吉川一義訳、岩波文庫、二〇一〇、二五頁。バルトの講演の邦訳は以下のとおり。「《長い間、私は早くから床についた》」、『テクストの出口』沢崎浩平訳、みすず書房、一九八七／新装版二〇〇五、一一四―一三四頁。

数年にわたって彼の生きざまに立ち会った人間だからだ。ロランは生前のプルーストと接したことがなかったので、「プルーストと私」と言っても傲慢にはならなかったが、私は生前の彼、ロランを知っていたので、無邪気に「ロランと私」とは言えない。

じつを言えば、肝心なのは自分を彼と比較することでも、彼に同一化することでもない。彼の死後三十五年経ったいま、これまでも頭のなかで、また夢のなかでよくしてきたように、われわれの友情を再考すること、その各段階をあらためてたどり直し、記憶を掘り起こし、彼から受けた恩恵を確認し、彼が与えてくれたものに感謝することが問題なのだ。

人は無理強いされないと、この種の吟味には取りかからない。あるできごとが生じて、そうせずには済まなくなるまで、抵抗しつづけるものだ。以下は、私のロラン探索の記録である。

ここ数ヵ月来、エリック[2]が手紙を渡すようたびたびせっついてくる。私は失念し、先延ばしにしては、ずるずると長引かせている。探してくれると約束したじゃないか、と彼は言う。私はダチョウのようにふるまっている[3]――ロランならきっとそう言っただろう。一羽のダチョウ――彼を思い出すとき、というか、彼についてあれこれ思いをめぐらすとき、彼がこの鳥の姿で現れることがある。それというのも、人生への自分の関与のしかた、自分の躊躇や逡巡やおびえを喩え

2　エリック・マルティ（一九五五―　）はパリ第七大学教授・作家。『ロラン・バルト全集』（スイユ社、全三巻一九九五、新装版全五巻二〇〇二）の編纂者。後出のように晩年のバルトと親しく交わり、決定的な影響を受けた。『全集』以外にも、バルトのコレージュ・ド・フランスでの講義ノート（全三巻、二〇〇二―〇三）の監修、『喪の日記』（二〇〇九）の校訂などを行なっている。著書に『ロラン・バルト――書く仕事』（二〇〇六／石川美子抄訳、『ロラン・バルトの遺産』所収、みすず書房、二〇〇九）など。

3　ダチョウは非常時に砂のなかに頭だけを隠すとされるところから、理解不能を装いながら危険の切迫や悲惨な現実から目をそらす、明白な事実を否定する、しらばくれる、等の意になる。

るのに、彼はよくこの島に言及したからだ。それで思い出すのは、ロランと私の共通の友人だった人物（彼の名もロランだった）のことだ。ある日、彼はわれわれの待ち合わせにひどく遅れて到着した。「ぼくにはどうも遅刻癖があってね」、そう私に言った。あとはどんな謝罪も不要で、その診断が汚名をすすいでくれるとでもいうように。当時はそんな調子で、「ダチョウのようにふるまう」という言い方がされたものだ。ロランの口から発されるのを聞く前から、この表現を知っていただろうか。おそらく知ってはいただろうが、自分を形容するのに私の前でそれを使った者はいなかった。

エリックはロランの手紙をほしがっている。私のもとにはたしてあるのか。所有しているのかどうか、まだ捨てずに取ってあるのかどうかさえ、今となっては定かではない。おそらく取ってはあるだろう、もし捨てたのなら、その記憶があるだろうから。だが、何通あるかも、保管してありそうな場所に関しても、皆目見当がつかない。エリックには、生誕百年の機会にロランの書簡集を刊行する計画がある。かりにそうした手紙をふたたび手に取ることがあっても、読もうという気になるだろうか、それらが宿す過去にあらためて浸かりたいと思うだろうか。そうしないでは、それらの質、興味に関して自分なりの評価もくだせまい。公にするだけの価値があるだろうか。何年も前から思い起こすこともなく、そこで語られていることがらもおのずとは記憶に蘇ってこないあの貴重な手紙の束を、いったいどこに押し込んだのだろう。

かつて、私が学生のころには、何しろあれほど昔のことだから、まだ手紙というものが書かれていた。それも毎日、さまざまな相手に対して多数の手紙が書かれていた。十九世紀の男たち女たちがそうしていたのと変わらなかった。しかも、受けとった手紙は保管されていた。抽斗（ひきだし）のなかに重ねられ、一杯になって収拾がつかなくなると、抽斗を空にするのに靴の箱に移し、戸棚の上部に保管しておくのだった。ロランの手紙がまだ残っているなら、おおむね受けとった日付に従って分類された他の手紙といっしょにしまってあるに違いない。今も暮らしているこのアパルトマンで暮らしはじめたころには、すでに以前ほど手紙が書かれなくなっていた。それで数個の靴の箱をどこかにしまったはずだ。だが、いったいどこに？

　サッカーのワールドカップ決勝戦はアルゼンチンを応援していたのだが、延長時間の大詰めにドイツが見事なゴールを決めた。それを観たあと、寝付けないままベッドにいる。時刻は午前三時。五時までは寝入られないだろうから、記憶をまさぐってみる時間は十分にある。引っ越してきたとき、アパルトマンには七階の女中部屋[4]が付いていた。さしあたり無用の手紙類数箱を、同じくほとんど不要になったマルクス主義やら精神分析やらに関する本、それに博士論文をタイプで打ちはじめたころにロランから贈られたタイプライターとともに、その女中部屋に持って上がったに違いない。後年、複数の女中部屋が単一の住まいに統合され、私も女中部屋を手放さなけ

4　「女中部屋」とは、元来、ブルジョワの邸宅の最上階に設えられた使用人用の部屋で、屋根に開けた採光窓から明かりを取り入れ、使用人専用の階段を伝って出入りする。現代では、収入の乏しい労働者や学生などに賃貸される場合が多い。

ればならなくなったときに、すっかり用済みになった本は処分し、ロランにもらったオリヴェッティ社製のタイプも、廃品回収に引き取ってもらうのに表に出した（今もってそれを悔いている）。しかし手紙はおそらく捨てなかった、焼却しなければならなかったからだ。それでまだ家の、このアパルトマンのどこかにある。

その女中部屋を使っていたころ、そこにある日泥棒が入った。衣服や置物が盗まれたが、表紙の上から下までオレンジ色の帯が掛かったエディシオン・ソシアル版のマルクス著作集も、オリヴェッティ社の大型タイプライターも、手紙類も盗まれなかった。ロランの手紙がなお存在するとして、盗まれなかったとして、どれほどの価値があるだろう？　つまり、市場に出回った場合にいくらの値が付くだろう？　数ヵ月前、ロランの手紙が競売のカタログに載ったのをはじめて目にした。クリスティ社だったかサザビー社[5]だったか忘れたが、素晴らしい稀覯本や草稿、法外な値に吊り上がることは必須のプルーストからリュシアン・ドーデ[6]やレイナルド・アーン[7]宛ての手紙、ボードレールがマネやドラクロワに贈った献呈本、めったにお目にかからない『地獄の季節』の初版、『賽の一擲』の初版などと並んでいた。そうしたもののなかに、ロランが一学生に宛てた手紙と絵葉書の一揃いが置かれていたのだ。評価額は低かった、カミュ——ルノーではなくアルベールのほうだが——やルネ・シャールのような、カタログ掲載の同時代人の書簡と比べると、きわめて安かったとさえ言える。そのときの書簡一式に買い手が付いたのかどうか確かめなかったが、ロランの相場がこの先上昇する可能性はある。かりに私が彼の手紙を保有しているのであれば、そのような予測に立って値が上がるのを待つほうがよいだろう。それに投機が目的なら、市場に売りに出されるまで未刊にしておくべく、エリックには何も託さないほうが適切だろう。

しかし、ロランの手紙の値が上がるというのは、純然たる仮定である。ロランから受け取った手紙の束を戸棚にしまってあるかつての若者たちはきっと大勢いるはずだし、彼らはいつの日か、値を落とす危険を冒しながら競売会場に溢れ返るだろう。雲をつかむようなことをもくろむのはむだで、いっそ手紙を国立図書館に寄贈するほうがよい。ある日管理員の女性の一人に、ロランに関連する文書を所有していないか、所有している場合には図書館に預けてもらえないかと尋ねられたことを、いま思い出している。ロランの草稿が寄贈されてリシュリュー街の国立図書館旧館に収蔵されたころのことだ。仲介をしたのが私だったので、管理員の質問はもっともだった。

5　ともに十八世紀半ばにロンドンで設立された世界最古の、そして現在も操業する世界最大級の競売会社で、両社ともニューヨークに本拠におくが、パリにも支社がある。著者に質したところ、問題の競売はサザビー社がパリで開催したものとのこと。

6　リュシアン・ドーデ（一八七八―一九四六）は、『風車小屋便り』で知られる作家アルフォンス・ドーデを父に、作家・政治家のレオン・ドーデを兄に持つ作家で、プルーストやコクトーと親しかった。

7　レイナルド・ハーン（一八七四―一九四七）は、ヴェネズエラ出身の、パリで活躍した作曲家。マスネ、サン゠サーンスを師と仰ぎ、ユゴー、ゴーティエ、バンヴィル、ヴェルレーヌらの詩に基づく多数の歌曲で知られるが、その大半を二十歳以前に書いた。

けれども私は、管理員の提案には反応せず、早々に忘れてしまった。私もまた、ダチョウのようにふるまったのだ。手紙を探す決心をするとなれば、国立図書館に預ける機会になるだろう。

不意に一つの考えが浮かぶ。女中部屋を返却し、七階の荷物を下ろさなければならなくなったとき、玄関を入ってすぐ左側のコーナーの小さな物置に、靴の箱を入れた覚えがある。その物置はガスメーターを隠すのに役立っているが、がらくたを収納するだけの広さがある。いま時刻は四時で、もう寝直すのは無理だろう。起きて、玄関の物置を検分してみることにする。ガスメーターの位置は変わっていなかった。定期的に検針にくるフランスガス公社――今では「スエズ」という名前に変わっている（まもなく「エンジー」と改名されるという）――の社員にドアを開けてやるのは、管理人のおかみさんだ。メーターは真新しく見える。最近取り換えられたのか覚えていない。靴の箱は、以前よりも埃を被っているが、間違いなくそこにある。箱は二十年近く前から、その小さな物置の、それらを見張っている風情のガスメーターのそばに収まっている。手紙の詰まった大きな箱が四つある。

これらの箱を開ける時が来たのだろうか。気が重い。あの時代に立ち返りたいとは思わない。それでも作業に取りかかる。物置から靴の箱を取り出しては、アパルトマンの反対側に運び、台所のテーブルの上に置く。仕事机のように書類の侵入を受けずに広いスペースがあるのはここだけだ。最初の箱、積み上げた箱のてっぺんには、一番最近の手紙が入っている。ロランはすでに亡くなっていた。しかもこの箱はすかすかだ、すでに以前ほど手紙を書かなくなっていたのだ。

二つ目の箱はもっと古い。私がパリに来る前のもので、寄宿舎時代に受け取った手紙だ。三つ目の箱が探しているものだが、はち切れるほどに詰まっている。封筒の間に人差し指と中指を滑り込ませて日付印を確認するには、相当な分量の束を引き抜かなければならない。だれの筆跡なのか、ほとんどのものは見分けがつく。数名の同じ文通相手から定期的に手紙が来ていたからだ。それぞれの筆跡が、心の動きを表しているかのようだ。

リセで教わったアラン[8]からもらった手紙がある。これほどたくさんの手紙を交わしたとは思いもしなかった、何年にもわたって、少なくとも週に一度は手紙を書いていたとは。今ではスカイプで連絡を取り合い、おしゃべりしながら互いの姿を眺めるのだが、ネバダ州のサーヴァーの記録に残る痕跡を除けば、われわれの対話からは何も残らない。好きだったジュリエットの筆跡もそれとわかる。定期的に会ってはいなかったが、手紙はたくさん交わした。アランの場合もそうだが、手紙の中身は覚えていない。読み直さなければならないが、どうもその気になれない。ジュリエットはまもなく自殺したからだ。だから、この箱のまん中以降に彼女の手紙がないことはわかっている。親友のアンドレ[9]の手紙もたくさんある。彼がパリにいるときには頻繁に会ったが、家族のもとに帰ることが多かったので、手紙を交わすのが習慣になっていた。それから、アメリ

8　著者コンパニョンのリセ時代の恩師。リセ卒業後も友人として長く付き合いのあったことが、以下で語られる。アランは姓ではなく名。

カに発ったパトリツィア[10]の丸い筆跡と航空便用封筒がちらちらと見える。それほどなじみのない筆跡もいくつかあるが、まるで見当がつかない。

これら多数の手紙、思っていたよりも大量の手紙を、読みたいという気にはならない。それに気送郵便（プヌーマティック）[11]もある。ヴァレリー・ジスカール＝デスタン大統領の時代〔一九七四―八一〕以前の、パリのいくつかの区で電話を引きたくても電話局が飽和状態に陥って何年も待たなければならなかった時代には、まだそんなやり方で通信していた。われわれも小型青色便（プティ・ブルー）〔気送郵便の俗称〕の時代を経験した。

この封筒の山を指で掻き分けている間も、青い万年筆で書かれた、丁寧で滑らかな、読みやすい、すぐにそれとわかるロランの筆跡が周期的に現れる。左利きの窮屈さのなかで書かれたあのしなやかな字体だ。一通を読むのに封筒から取り出すが、まるで自分宛ではない手紙を盗み読んでいるような、いささか冒瀆じみた感じがする。半世紀近く前にこの手紙を受け取った人間と今の自分はどんな関係があるというのか。とはいえ、これらはロランが私に宛てて書いた手紙だ。しかしずいぶん昔のことで、ロランが死んでからも長い歳月が経っているので、だれか別人に宛てた手紙のように思える。受け取るごとに破り捨てるか、さもなければ、ロランの死後に処分したほうがよかったのかもしれない。しかしこれらの手紙は、一つの人生の糸を形成する他のおびただしい手紙に交じっていたから、処分するにもそれらだけを取り出す必要があっただろう。

いま、この靴の箱を前にして戸惑っている。どうするのがよいのか自問しながら、封筒の上部に指を這わせている。ロランの手紙を取り出し、他の手紙とは異なる運命を付与することなど、まだ自分にはできない身ぶりだ、瀆聖行為のように感じられて仕方がない。それで、ガスメーターのある物置の、他の箱の上にその箱を戻す。そうしてまたしばらく横になる。明け方になると寝入りやすくなるものだ。このときもそうだった。劇場かレストランの出口でタクシーを待っている夢を見た。列の先頭にいるのだが、タクシーはなかなか来ない。やっと一台近づいてくるが、乗り場の手前で停まり、人々はそれに駆け寄る。私の優先権は無視されてしまう。

目が覚め、コーヒーを一杯飲んだあと、今度は、箱からロランの手紙を取り出して一つにまとめることにする。結構厚い束になったが、それを机の上に置き、日付印の順に並べる。郵便切手も便利な指標になる。ロランの最初の手紙には五十サンチーム、最後の手紙には一フラン三十サンチームの切手が貼られており、ジスカール政権時代の七年間に進行したインフレを如実に反映

9（9ページ）アンドレ・ギュイヨー（一九五一― ）は、ランボー、ボードレールの研究家として知られるパリ-ソルボンヌ大学教授。当時はベルギーに居住していた。一九八〇年代に『イリュミナシオン』に関する画期的な研究書とそれに基づく批評校訂版を刊行し、以来、ランボー研究を牽引する一人である。

10 パトリツィア・ロンバルド（一九五〇― ）は、ピッツバーグ大学、ついでジュネーヴ大学でフランス近代文学・映画を講じ、近年は文学と情動の関係をめぐる研究を進めている。本書の著者コンパニョンの伴侶。なお、コンパニョン、ギュイヨー、ロンバルドはともに、バルトの社会学高等研究院における私的セミナー（自ら選抜した十二名に限定）で、のちに『恋愛のディスクール・断章』に結実する素材が取り扱われていた時期（一九七五―七六年）のメンバーである。

11 圧縮空気管を用いて手紙を送るシステムで、十九世紀から二十世紀前半にかけてロンドン、ベルリン、パリなど、欧米の大都市に普及した。とくにパリでは一九八四年まで活用された。

している。

エリックとの昼食。ふたたびロランの手紙が話題になる。この前エリックと話を交わしてからロランの手紙を読みなおしたものの、彼に手紙を託すことにはまだためらいがある。エリックによれば、フランソワ[12]やジャン＝ルイ[13]は、私よりもはるかに多くの手紙をロランから受け取り、私よりもずっと前からロランを知っていたが、彼からもらった手紙を保管していないらしい。私には驚きだ。受け取るたびに捨てたのだろうか。あるいは後年になって処分したのだろうか。しかも一挙に処分したのか、それとも徐々に、偶然手に取ったときに処分したのか？　私の思い違いでなければ、手紙を処分するには決断が要るが、ため込むのは機械的で無反省な反応だ。私はロランの手紙を、同時期のすべての手紙といっしょに取ってあった。当時は日に二度郵便の配達があり、気送郵便は一日中配達された。

保管するなど適当でないと、あるいは処分するのが適当だと判断した何人かの同時代人とは逆に、私はそれらの手紙を今も所有している。そして今、彼らには降りかからない二者択一の必要に直面している。彼らは平穏に暮らしているのに、私はロランの手紙を公表する機が熟しているか、それともまだ早すぎるかについて自問している。手紙が書かれてからまる四十年経っている。あの時代からほとんど二世代の隔たりがある。今日ロランに関心を持つ人々、あるいは彼の人生を小説風に思い描く人々は、当時まだ生まれていなかった。

一通目の手紙では、ロランは私をきわめて丁重に「ムッシュー」と呼んでいる。季節は春［一九七四年］で、大統領選の直後だった（第一次選挙のときには、彼は『テル・ケル』の友人たちとともに中国にいた）。セミナーへの参加を認めてほしい旨の手紙を、研究計画書とともに、社会学高等研究院のアドレスに書き送っていた。長いこと考えて書き上げた志願書だった。理工科学校と国立土木学校[14]の学生だったころには、自分には準備が足りないと感じていた。今では文学の学部と修士課程を修了し、種々の短篇小説を書きはじめていた。直前の冬には一種の長篇小説の原稿まで仕上げていた。こっそりと方向転換をしていたのだ。それで思い切ってセミナーを志願した。ロランは承諾も拒否もせず、秋に志願者と面接を行なうと知らせてきた。休暇明けの面談のために、電話番号を書き添えてあった。ということは、第一次選抜は受かったのだ、いきなりは

12　フランソワ・ヴァール（一九二五―二〇一四）は哲学者で、一九五七年から九〇年までスイユ社の出版責任者を務めた。ジャック・ラカン、ロラン・バルト、ポール・リクール、フランソワ・ドルト、ジャン＝クロード・ミルネールらの著作を世に送り、いわゆる構造主義をバックアップした。後出のように、コンパニョンの処女作『第二の手』も、著者がバルトを介して面識を得たヴァールの手で刊行された。

13　ジャン＝ルイ・ブットは、コンパニョンより一年前にバルトのセミナーに参加したあと、バルトが亡くなるまで日常的に最も密な交渉があり、取り巻きのなかでバルトに最も気に入られていたとされる人物（後出）。

14　理工科学校（エコール・ポリテクニーク）と国立土木学校（エコール・ナショナル・デ・ポン・ゼ・ショッセ）は、大学制度の外部に位置するグラン・ゼコールで、ともに理系の秀才が集まるエリート校。

ねられることはなかったのだ。いったい、どんなふうに自分の意向を正当化したのか。

休暇明けにロランに電話をした。私はまだサン・ペール街[15]の国立土木学校の学生だった（このグラン・ゼコールの建物、旧フルーリ館は、後年、パリ政治学院（シアンス・ポ）に乗っ取られてしまったが、それは地方分散化を余儀なくされたさまざまな施設がこの界隈から離されていった不動産の動きの一環だ）。材質の耐久性や行政法の授業を聴講し、気晴らしに情報処理プログラムを作っていた。その電話の詳細は覚えていないが、きっと用件のみの、手短なものだったはずだ。しかしそれに続いて、高等研究実習院第六部門［一九七五年に社会学高等研究院として独立する］があったトゥルノン街[16]の個人邸宅の最上階で行なわれた面談のことはよく覚えている。ロランはその屋根裏の一室を共用で使っていた。その日の面談はこのうえなく順調に経過した。セミナーへの参加を許可されたからだ。しかしその日、私は落ち着かない気分だった。面談の直後に大事な電話をしなければならなかった。ロランとの面談が済むと、急いで公衆電話ボックスに向かった。たしかトゥルノン街を上ったところ、元老院近くのカフェの前に一台あった。そのカフェには、理工科学校時代によく仲間たちとチェスをしに通ったものだ。建物正面には、かつてそこにあったホテル・レストラン「フォイヨ」[17]が破壊される前、晩年のヨーゼフ・ロート[18]が居住したことを示すプレートがある。また向かいの歩道では、ローラン・タイヤード[19]がアナーキストのテロで片目を失った。

夏前にスイユ書店に送ってあった原稿（今もおそらくどこかに転がっているはずだ）のことで、ジャン・ケロール[20]に電話することになっていた。ケロールは優しく、親切で、激励を惜しまなかった。電話での会話はロランを訪ねた時間よりも長くかかったので、電話ボックスに突っ立ったままの姿勢は快適ではなかった。その居心地の悪さは、まさに私が直面していた二者択一、より正確に言えば、二者択一のなかの二者択一、つまり私の困惑、いや魂の破滅ですらあるのだが、それを如実に表していた。第一の二者択一とは、理科か文科かを決めることであり、自分でもど

15 パリ六区と七区の境界に位置する通りで、その二六―二八番地の旧フルーリ館を占めていた国立土木学校は一九九七年から二〇〇八年にかけてパリ東の郊外シャン・シュル・マルヌに移転、二〇〇九年からはパリ政治学院がここに入った。

16 パリ六区、サン・シュルピス街とヴォジラール街に挟まれた通り。

17 一八四八年に料理人のルイ＝フィリップ・フォイヨが、トゥルノン街とヴォジラール街の交差点に開いたホテル兼レストランで、以後所有者は変わったが店名は維持され、二〇世紀初頭にはパリで最も高級なレストランとして知られた。一九三七年に閉店。

18 ヨーゼフ・ロート（一八九四―一九三九）は、ユダヤ系オーストリア人のジャーナリスト・作家。ナチスの勢力拡大に伴い、三三年、病弱の妻を残してパリに亡命、二七―三七年の十年間「フォイヨ」に滞在した。

19 ローラン・タイヤード（一八五四―一九一九）は高踏派の流れを汲む詩人。反ブルジョワ、反宗教、アナーキズムの傾向の強い、風刺的で挑発的な文章や言動で知られた。皮肉なことに、自身が一八九四年、フォイヨで夕食中にアナーキストの襲撃を受け、片目を失った。

20 ジャン・ケロール（一九一一―二〇〇五）は、詩人・小説家・エッセイスト・編集者。第二次世界大戦中のレジスタンス運動に参加し、強制収容所に送られる。作品にはその経験が色濃く反映し、死者のなかからよみがえった「ラザロ的」人間の受動的なありようを、古典的な物語構造をもたない匿名性のなかで描き、ヌーヴォーロマンを先取りするような小説を書いた。バルトは処女作『零度のエクリチュール』の末尾で、こうしたケロールのエクリチュールを、クノー、カミュのそれと並べて「白いエクリチュール」と形容している。スイユ社のエディターとして、ソレルス、バルト、プレネー、ドゥニ・ロッシュらを発掘した。

うしてよいかわからなくなっていた。第二のそれは、創作か解説か、あるいは言語かメタ言語か（ロランの弟子をもって任じるわれわれならそんな言い方をしただろう）の選択であった。ケロールは小説の道を探索するように勧めてくれた。ロランと話しているときには、批評のほうを向いていた。いや、事はもう少し込み入っていた。ロランは批評を一種の小説に、または一つの書法（エクリチュール）に、自立した一個の文学にしようとしていたからだ。しかしこの点は、私にはまだ理解できていなかった。

ロランには、彼のもとを早々に失礼してケロールに電話をかけなければならないことは言わなかったし、ケロールには、ロランのオフィスを出てきたところだとは明かさなかった。ケロールのモダニスト小説、いや前衛小説ですらある『異物』〔一九五九／弓削三男訳、白水社六七〕のあとがきとして巻末に収められたロランの評論は知っていた。その小説は、かつての対独協力者で今や殺人者となった男の長い独白で、私の記憶のなかではルイ＝ルネ・デフォレの『おしゃべり』〔一九四六／清水徹訳、白水社六五、水声社二〇〇九〕といささか区別が付きにくい。どちらも一九六〇年代の野心的な「10／18叢書」[21]で読んだからだが、彼らが古くから親しい間柄であったとは思いもよらなかったし、私から見て二人の著者が及ぼす文学的誘惑はひどくかけ離れているので、人がどちらも好きになれるとはとても思えなかった。

エリックと昼食をとったあと、目下ロランの伝記を準備中の女性研究者[22]と面会の約束があった。彼女のほうから希望した面会であったが、私のオフィスで彼女の質問に多少とも率直に返答しながらたっぷり一時間は話し込んでいる。私は不意に口をつぐむ、ロランの手紙を入れた袋が彼女の目の前に置いてあることに気づいたからだ。昼食に出かける前にエリックに見せようと思ってとっておいた（話題になっているのは、恋愛のディスクールのもろもろの形姿（フィギュール）をめぐる原稿の執筆である）。この同僚は私が戻ったときに階下で待っていたので、いっしょに二階に上がった。そのため、手紙を片付ける間もなく、彼女にお掛けくださいと勧めたのだ。しかも、手紙のことは頭からすっかり抜け落ちていた。いま、目の前にあるのに彼女が見ていない手紙の束は、私にポーの「盗まれた手紙」を想起させる。一番上の封筒は、自由の女神をあしらった八〇サンチーム切手とともに、一見してそれとわかるロランの筆跡をさらしている。この瞬間から面会が終わるまで、彼女が手紙に気づいて私に「これは何？」と尋ねるのではないかと、たえずはらはらしていた。目にしているのかもしれないが、彼女は何も言わない。

彼女の質問が向かうところは、セミナーのこと、私がロランから企画運営を任されたスリジー・ラ・サルでの彼自身を対象とした研究集会（コロック）のこと、いくつかの世代にまたがるロランの友人

21　一九六二年に創設された出版社（出版総連合）の別名であるとともに、その中心をなす文庫叢書名。十センチ×十八センチの版型にちなむ。六八年クリスチャン・ブルゴワが出版責任者になって以後の十年間に現代小説、古典の新版、人文科学書、論集など約千タイトルを刊行、とくにヌーヴォー・ロマンの運動を後押しした。八〇年代以降、外国小説の翻訳や推理小説に重心を移した。

22　この人物は、二〇一五年一月にスイユ社より大部なバルト伝を刊行することになるティフェーヌ・サモワイヨー（パリ第三大学教授・作家）。

たちのこと、ロランのコレージュ・ド・フランス教授就任のことなどだ。私は返答しながら、けっして自分の考えの奥深くにまで踏み込まない。そうしたくないからではなく、そうするにははるかに長い時間と、彼女との間にはるかに年季の入った友情が必要だからだ。私がまだ丹念に再読していないこれらの手紙をいっしょに繙けば、もっと正確な、思考の惰性や潤色された記憶による変形を被ることの少ない回答が見出せるかもしれない。私の心は決まらない。自分がどの程度の助力を彼女に提供しなければならないかを自問する。彼女のほうはまだ、少なくともロランの晩年に関しては、調べが進んでいないようだ。先で、もう少し探索が深まってから再度来てくれれば、きっと細かい点まで話す気になれるに違いないが、さしあたりは慎重さを崩さない。嘘はつかない、作り話をするわけではない、何もでっち上げてはいない。ただ、すべてを語らない。すべてを語るには、少なくとも語れることを語るには、記憶の表面を覆う茨を掻き分け、忘却の腐植土を掘り返さなければならない（本書で試みているのはそれと異なることではない）。何であれ、他人に語って興味深いことが自分にはあるだろうか、自分だけが他人に伝えうる不可欠な何かがあるだろうか。すでに知られている証言にもう一つ、しかも他に劣らず信頼性に欠ける証言を付け足すことに、どんな意味があろう。

最後に彼女は、ロランのことを一人の作家（エクリヴァン）だと思うか、と尋ねる。質問は現在形なので、今の私がどう考えるかという問いなのか、当時の私がどう思っていたかという問いなのかわからない。今日、一九七〇年代の思想上の師匠たちを好んで「作家」と形容するのは、安易さからだ。

彼らの思想、たとえば中国の文化大革命やイランのイスラム革命への彼らの擁護論を、評価せずに済むからである。われわれは、かつての思想上の師匠たちを文学の範疇に組み込むことで、彼らの過激このうえない叛徒めいた言動を評価する義務を回避しようとする。たしかにロランは晩年、評論とは異なるものを書くことを夢見ながら、彼が小説と呼ぶものの準備を講義のテーマとし、しだいに一人の作家としてふるまうようになった。それより少し前、私が彼のセミナーに登録することを願った時期、自分は一人の作家にそれを申し出ていたのではないと思う。私を魅了していたのは知識人としてのロラン、文学や文化に関する数多くの刺激的な評論の著者としてのロランだった。あのころ私がロランに見ていたのは、作家ではなく評論家、理論家だった。私が作家の側に位置づけていたのはジャン・ケロールだった。もっとも、ケロール個人に宛てて自分の原稿を送ったのかどうかは定かではないけれども。もしかするとスイユ社に置いてきただけなのかもしれない。当時ロランが私を惹きつけたのは作家としてではなかったが、また教授としてでもなかった。むしろ師匠として、それも思想上の師匠ではなく、工房長、職人頭、工匠、親方見習といった存在だった。彼のかたわらにいる私は徒弟であり、現場見習いの身であった。私は何を学んだのか？　鍛錬、技巧、手つきといったものだ。

ロランとの最初の出会い。私は原付バイクに乗ってサン・ジェルマン通りを走っていた。現在服飾デザイナー、アルマーニの店がある場所に当時あったピュブリシス薬局（そこは昔、ロワイヤル・サン・ジェルマン・ホテルがあった場所だ）とヴィダル・レコード店（これも今はなく、カルティエ宝飾店がとって代わった）の間を右折して、レンヌ通りに入ろうとしていた。ロランは薬局からレコード屋のほうへレンヌ通りを横切ろうとしていた。信号は緑ではなかった。彼を避けるのに私は急停車しなければならなかった。この信号無視の通行人がだれだかわかったので、怒鳴りつけたいのをこらえた。ある晩八時ごろのことだった。のちに私は彼の習慣をよく知ることになった。午後の終わり、または夜のはじめに外出し、界隈のいくつかのカフェでの待ち合わせを次々とこなし、最後に会った相手と夕食をとるのだった。

　数年前から、私は彼のセミナーに一席を占めることを願っていた。まだ、サント・ジュヌヴィエーヴの丘〔理工科学校〕に学ぶ学生で、ヴァレンヌ街〔パリ七区、アンヴァリッド界隈〕の実習院（ダンス学校「ジョルジュとロージー」の数軒先にあった）まで登録用紙をもらいに出向いたものの、躊躇した挙句、提出を断念していた。「出版物」の項目が申請をあきらめる要因だった。私には何も申告すべきものがなく、したがって合格するまいと思われた。私は建前上のルールについて誤解していたが、それがむしろよかった。登録する代わりに読書を続け、丘を下ってジュシュー〔パリ第七大学〕に文学を勉強しに行ったからだ。今や自分がセミナーの一席を所望する資格があると感じていた。友人のミシェル〔作家・音楽学者・精神分析家のミシェル・シュネデール（一九四四―）〕とともに執筆した論文が、『クリティーク』誌に載せてもらえることになっていた。三年が経過し、少しは洗練されていた。もう以前ほど他人の影響を受けなくなっていたし、たどたどしく棒読みするような傾向はなくなっていた。

さらに過去に遡れば、なぜロランのセミナーに参加することを願ったのだろうか。ロランの噂をどのようにして耳にしたのだろうか。理科系の入学試験では当時、「総合」と称される、数学の論証と同じくらい厄介な試験があった、今もあるのではないかと思う。ある思想的なテクストの内容を、もうよくは覚えていないけれども一定の比率に応じて、決まった字数で要約せよ、というものだった。自分が作る要約の一行に平均して何語含まれ、答案全体で何行になるか勘定したのを覚えている。洞察力と厳密さ、繊細さと幾何学精神が求められるこの訓練に、概して私は秀でていた。自分の知的形成にこれほど有益な訓練はなかったと思うこともある。歴史、文明、美術館に関するヴァレリーの考察、社会をめぐるレーモン・アロン[23]の言葉、科学技術をめぐるジャック・エリュル[24]の言葉など、どのテクストもかなり長大で、演説調で、繰り返しが多く、われわれの訓練にはもってこいの素材だった。ところが、われわれのアラン先生（のちに私の友人になる人で、その関係は今日も変わらないのだが）は、ある日うかつにも（彼はまだ若く、生徒の能力を買い被っていたのだ）、私が聞いたこともないない新人作家の書いたベートーヴェンの音

23　レーモン・アロン（一九〇五―八三）は、フランスの哲学者・社会学者・政治学者・ジャーナリスト。パリ高等師範学校でのサルトルの学友。一貫してリベラリズムの立場を貫き、柔軟な保守の論客として高い評価を得た。

24　ジャック・エリュル（一九一二―九四）は、ボルドーを拠点にした法制史家・社会学者・プロテスタント神学者。教会や政治制度と結びついたキリスト教を批判し、福音への回帰、一種の宗教的アナーキズムを説いた。また、マルクスの批判的読解に基づく技術文明批判を展開した。

楽に関する数ページを課題に出した。この新人作家の文章は、要約がほとんど不可能であることがわかった、文を端折(はしょ)ることができないのだ。言葉遣いや文体は、謎めいたものではなかった、少なくとも困難をはらむようには見えなかった。ところが実際には、砂や水が指の間をこぼれて手のなかにまったく残らないように、捕捉をすり抜けるのだった。そのテクストの言葉は私を魅了し、私は理解したつもりになっていたが、著者の考えを原文よりも短い文に凝縮しようとすると、三分の一か、五分の一の長さに切り詰めようとすると、これができないのだった。あるいは、そんなことをすると、何も残らなくなってしまいそうだった。むしろ、要素に分けて列挙したり、敷衍したりすることなら、やってみる気になっただろう。しかしその種のテクストではなかったし、おそらく著者の意図するところでもなかった。また、この訓練の精神にもそぐわなかった。そんなわけで、わたしはいわばお手上げ状態で、すっかり困り果て、ほとんど放棄しかけていた。それでも何とか課題を提出し、先生の採点も悪くはなかったが、内心では、まったくなじみのない類の文章を前にして自分がしくじったことがわかっていた。

ほどなく、偶然ある週刊誌で、自分にこのような難題を突き付けた著者の対談を読んだ。私が切り抜いたその記事では、冒頭で著者の紹介がなされ、ついで著者が語っていたが、その語りぶりは明快で、われわれが要約の課題として与えられたテクストよりもはるかにわかりやすかった。この新人作家（つまりロランのことだが）の著書数冊が文庫版で刊行されていた、あるいはその後まもなく刊行された。まさに彼が世に知られはじめる時期のことで、その高名は専門の枠を超えて、より広い読者を獲得しつつあったからだ。私はそれらを買い求めた。まずは『現代社会の神話』で、その表紙にはシトロエンの車ＤＳ19の一台があしらわれていた。ディンキー・トイ社製のその模型を、私はかつて所有していた（わが模型自動車は緑色だった）。それに『零度のエクリチュール』［初版一九五三年］であるが、確かめたところ、これには『記号学の原理』が併録されている［六五年版］。当時私はグラン・ゼコール準備学級の上級数学クラスか、その上の特別数学クラスの学生で、これらの読書を楽しんだ。それは気分転換にはなった。ただし、私の理解は曖昧模糊としていた。それでも、メタ言語、つまり言説をめぐる言説という観念に、魅了されたのを覚えている。もっとも、書物のなかで繰り返される種々の嵌め込みの図式は、申し分なく首尾一貫したものではなかったけれども。他方で私は、『失われた時を求めて』を、最初から最後まで貪るように読んでいた。プルーストは言語の精妙な使用法になじませてくれた。ロランの統辞法は「総合」の教育には不向きであるにしても、それが差しだす障害はプルーストのそれと同種のものではなかった（ずっと後になって、私はプレイヤード叢書の巻末にプルーストの要約をしなければならなくなるのだが、それは何とかやってのけるだろう。ともかくも概略のところは）。難解さはむしろ、彼の断絶や切れ目から、節と節を分節化するよりも列挙するコロンやダッシュの増殖から来ていた。そのため、節相互の関係が不安定なままだった。こうした配置は技師を志す私をひどく困惑させたが、また魅了もした。

こうして私はプルーストとバルトを、ロランとマルセルを、同時進行的に発見した。彼らは結託して私を放蕩に浸らせた。ロランがプルーストに自分を重ねたのは。いや、より正確に言うと、自分の感じる小説を書く誘惑を、『失われた時を求めて』の話者の経験に、そしてプルーストの人生そのものに重ねたのは、晩年になってからだった。それに対し私は、たまたま二人を同時に読んだおかげで、頭のなかですぐさま彼らを比較していた。X（イクス）［理工科学校の略称］に合格した日、サント・ジュヌヴィエーヴの丘を下り、大学街（リュー・デ・ゼコール）とサン・ミシェル大通りを通って、サン・セヴラン街の書店「読書の喜び（ラ・ジョワ・ド・リール）」[25]にしばし立ち寄り、出たばかりの『S／Z』を奮発して買い求めた。重版ではなく初版としては、私が入手したロランの最初の本だ。ロランの著書が並ぶ書棚からその本を手に取り、ぱらぱらとめくる。ページの間にレシートが挟まっている。「二十一フラン、一九七〇年七月二十二日」とある（私の二十歳の誕生日の翌々日だ）。

この紙片は、いわば一個のマドレーヌだ。当時はまだ通りの北側だけを占めていたマスペロの書店が記憶によみがえる。あの数年間、夕食のあと、デカルト街を下ってあの書店に立ち寄ったことが何度もあった。私の蔵書の基盤は「読書の喜び」で購入した書物であり、このうえなく暗示的な、戯画的ですらある蔵書だ。レヴィ＝ストロース、ラカン、アルチュセール、フーコー、ドゥルーズ、デリダ、ブランショ、等々。もちろんマルクス、フロイト、ニーチェもある。それからアルトー、バタイユ、レリス、デュラス、シャール、ミショー、ポンジュ、それにプルースト。その後、書店は店じまいした、万引きが多すぎたからだ。盗んだのは私ではない、私は模範的な客だった。

『S／Z』にはまた、その夏に訪れたトレド大聖堂の二十五ペセタの入場券が挿んである。また、著者名だけが記された緑色の帯が巻いてある。直線的に切り取って分析していく手法、テクスト単位を読解の五つのコードに振り分けていくやり方、それらすべてが科学者の卵であった私を夢中にさせた（三十年後、アメリカ人学生の要望に応じてこの著作を彼らの授業プログラムに入れたが、当初ほど説得されなかった）。

パリに来て、文学部（当時はUFR〔教育研究単位〕と呼ばれていた）に通っていたころ、ロランは世間でもてはやされていた。パリ第七大学の学部に登録したのだが、彼の書いたものが熱心に読まれていた。私は彼の著作のかなりの部分を知った。たとえば『サド、フーリエ、ロヨラ』がそうで、以前の重たい方法的装置（テクストの新たな科学の入門書とも言うべき「物語の構造分析」には大いに苦労させられていた）を取り払った、より自由で個人的な書法への転換を、その序文が予告しているように思えた。モンテーニュの『エセー』を教えてくれた、私の最も近しい教授で修士論文の指導教官でもあったジャン＝イヴ・プイユー先生[26]が、『ブヴァールとペキュシェ』

25 「読書の喜び」はフランソワ・マスペロが一九五七年に開業し七四年に閉店した書店で、出版も行なった。五〇年代にはアルジェリア戦争に反対する人々が集う場所となり、七〇年代の人文科学隆盛を準備する役割を果たした。地下には定期刊行物四百タイトルを揃え、七四年に書籍小売チェーン「フナック」が店舗を開くまで、パリで最大規模の書店であった。

に関するセミナーの講師としてロランを招いた。それを聴講した私は、講師のじつに独特な雄弁さに驚いた。これまで多くの人が、ロランの少し鼻にかかったような声について証言してきた。彼の鼻はまっすぐではなく、少し左のほうに曲がっていた。子供のころに骨折したのだろうか？校庭で仲間たちと取っ組み合いをしているロランの姿は思い浮かべにくいが、あるいはそんなことがあったのかもしれない。彼は堅苦しい講演は退屈だとして拒絶していたので、論じたり潤色したりすることなく、会話するように話した。断片をつないでいくやり方は、思いつきで話している印象を与えたが、それは完全な誤解だった。話の中身は忘れたが、語り口はよく覚えている。その日私は会場の奥でおとなしく耳を傾け、質問はしなかった。（その後まもなく、歴史の皮肉で、ジャン＝イヴの父でヘレニズム学者のジャン・プイユーがコレージュ・ド・フランス教授候補者としてロランの対抗馬になった。ロランはわずか一票の差で勝利した。ロランと同じくカルヴァン主義の道徳のなかで育ったジャン＝イヴに、どれほど引き裂かれる思いをしたか尋ねたことはない。）

もう一つの遭遇を失念するところだった。それ以前に、高等師範学校のデュサーヌ講堂で、ドゥルーズほか数人の卓越したパリの知識人とともに登壇したロランの話を聴いたことがあった。プルースト生誕百年を記念するために招集された彼らは、順に話をした。私はデカルト街から少し遅れて到着した。講堂は満席で座れず、ホール奥に立って聴き入っていた。この種の催しに立ち会ったのははじめてだった。のちに、その日ユルム街にひしめく聴衆のなかにいたという人にしばしば出会った。蓮實重彦氏もその一人である。ドゥルーズやデリダとともにロランも訳し、小津やジャン・ルノワールの映画に関する重要な著作を物したあと、東京大学総長を務めた巨軀の快活なサムライだ。ある日、東京の彼の執務室までエレヴェーターで上がったのであるが、そこですれ違う職員たちはほとんど地面に届きそうなほど深々とお辞儀をしていた。われわれはおのが青春を思い起こし、あの忘れがたい出来事にともに立ち会ったことを認め、喜び合った。

ロランのセミナーへの参加申請を長いこと先延ばしにして、私も多少は年季が入っていた。いずれにしても、ただ魅了されるだけに終わらない準備はできていた。

セミナーに参加した年はすばらしかった。セミナーにはじつは大きいものと小さいものとがあった。大きい方は「拡大セミナー」とも呼ばれ、トゥルノン街に面した中庭の奥の二階にあるきれいな講義室のガラス張りの屋根の下、細長いテーブルを囲んで行なわれた。ロランは四十人ほどの、あるいは五十人ほどいたかもしれない聴講者を前に、その年は恋愛のディスクールの形姿（フィギュール）を解説していた。それは二年後に出版される運びになる本の素材となるものだった。セミナーとはいえ、こちらではもっぱらロラン一人がしゃべり、聴講者たちは一種敬虔な静寂のなか

26（25ページ）　ジャン＝イヴ・プイユーは、ルネサンス期の文学（ラブレー、モンテーニュ）の専門家で、現代文学（ボルヘス、クノー）に関する業績もあるポー大学名誉教授。当時はパリ第七大学准教授。

で聴き入り、彼らの質問やコメントで途切れることは皆無だった。一時間経つと彼は講義ノートを閉じ、われわれは感想を交わすこともせずに解散した。小さなセミナー、別名「限定セミナー」は、十二人を超えることはなかったように思う。こちらの参加者の何人かとは、四十年経った今も非常に親しい付き合いが続いている。こちらでは聴講者も発言し、言葉を交わした。聴講者の間に意思疎通が生まれ、セミナーの外でも交流があった。

　ロランは奇妙な集まりを作り上げた。というのも、われわれのうち、だれ一人として尋常な学生では、ともかくも普通のフランス人学生ではなかったからだ。最もまともな教育を受けていたのはアンドレ、パトリツィア、コンタルド［姓はカリガリス、哲学者・精神分析学者、一九四八―］の三人だったが、堅固な文学研究を受けたとはいえ、それぞれブリュッセル、ヴェネツィア、ジュネーヴでのことで、パリ大学やフランスの地方大学の学部出身者ではなかった。彼らはともに博士論文に取りかかっていた。他の者はと言えば、〈狂熱の時代〉［「幸福な一九二〇年代」］のヘミングウェイの夢を新たに追い求めた元商船隊員で、夜はモンパルナスのバーで働くアメリカ人、丸ぽちゃ顔の寡黙なメキシコ人、それにブラジル人がいて、皆もっといかがわしい横顔を見せていた。その点では、自らの選んだエリート集団の中にロシア人の双生児がいるのをおもしろがってロランが選んだボグダノフ兄弟[27]についても同じだった。さらに、その後ラジオの教養番組で活躍する一人の若い天才がいた。この私は、エンジニア志望の学生だった。ユルム街［高等師範学校］で哲学を勉強していた友人の一人が、外国人留学生のアンドレに、ロランのセミナーでそんなわれわれが出会うことになるのだと告げたとき、アンドレはこの友人にこう答えたらしい――「きっと薬剤師だっているはずさ」。それ以後アンドレが、薬剤師という職業を貶めるような言動を見せたことはない。「悪い薬屋があるように悪い文学はある」[28]とオメーは言い放つ。アンドレに想を与えたのはフローベールのこの一文だったのだろうか？　セミナーのメンバーのだれも、彼、彼女がじつのところ何をしているのか、どんな気まぐれでロランがセミナーに受け入れたのかを知らなかった。セミナーが終わってから、当時サン・シュルピス広場の、ヴォジラール街とボナパルト街が交差する角にあったカフェに行った。今はもう存在しないこのカフェは、他の数多くのカフェ同様に、さる服飾品店に場所を明け渡した（その一番最近の化身が「ザ・クープルス」[29]だ）。そのカフェでわれわれは、各自がどんな資格でセミナーに通っているのかを考えてみたのだが、到達した結論は、自分たちにはどんな資格もな

27　イゴール・ボグダノフとグリシュカ・ボグダノフ（一九四九―　）は、ロシア人の父とチェコ系オーストリア人の母から生まれたとされる二卵性双生児で、バルトは彼らの共著『サイエンス・フィクションの鍵』（七六）に称賛に満ちた序文を寄せた。その後、テレビの一般向け科学番組に頻繁に登場する一方で、二人がそれぞれ理論物理学と数学の分野で取得した博士号の妥当性について、また査読付きの科学雑誌に彼らが投稿した研究論文の価値について疑義が寄せられ、専門家の間でも評価が分かれた。

28　フローベール『ボヴァリー夫人』の薬屋オメーの台詞（伊吹武彦訳、岩波文庫、一九三九、下巻八九頁）。なお、この箇所は、菅野昭正訳では「悪い製薬術があるのと同じように悪い文学があります」（集英社ギャラリー世界の文学7　フランスII、一九九〇、一九四頁）。

29　二〇〇八年創業のフランスの既製服メーカー、及びその店舗。比較的裕福な若者およびカップルに照準を当てたプレタポルテを中心とする市場戦略を採る。

い、しかしそんなことはどうでもよい、というものだった。

昨年、ある日タリス〔フランス、ベルギー、オランダ、ドイツを結ぶ高速列車〕で、ブリュッセルで行なう講演に向かう途中、ボグダノフ兄弟の一人――イゴールのほうかグリシュカのほうかは不明だ――と同じ車両の遠からぬ席に乗り合わせていた。向こうは私に気づかなかったが、私のほうはこっそり観察していた（彼ら二人の区別は付きにくくても、彼らであることはすぐにわかる）。兄弟の一人は、若い美女のそばに座り、しきりに気を惹こうとしていた。大きな声で話し、芝居じみた大仰な身振りを見せていた。たとえば、車掌が近づいてくると、立ち上がって、網棚――今日では透明な荷台になっているが――の上に置いてあった大きな外套を広げ、検札係をじりじりさせながらポケットというポケットを探すのだが、その間ずっとそばの女との議論をやめない。その人となりからは一種の権威ないしこけおどしめいた雰囲気が醸され、そのため車掌も、たとえ客の切符をチェックするためであれ、文句を言ったり、もっとちゃんと切符を探してもらえませんかと注文したりすることができなかった。

そのときに自ら名乗り出なかったことを、まもなく悔やんだ。とはいうものの、この遭遇の少し前に、ロランをめぐる一冊の対談集のなかで私がボグダノフ兄弟と並んでいることに関して、ある数学者から脅迫めいたメッセージを受け取っていた。手紙の差出人は、私がそのように振舞うことで、兄弟の業績に科学的保証を付与していると非難していた。じつを言えば、無頓着、怠慢、あるいは無関心のせいで、対談集のもとになった一連のラジオ放送にかの物議を醸した科学の通俗化の推進者二人が参加していたことを気にも留めなかった。本が届いたときも、その目次に注意を払わなかった。私は罪深いことをしたのか？　理論物理学の分野でのボグダノフ兄弟の業績の正当性が論議の的になっていることを理由に、私としては自分の対談の掲載を辞退すべきだったのか。イゴールとグリシュカは、ロランについて語る権利がある点では私に劣らない。

かつてロランに近かった者のうち、他の者たちのなかには順調な（あるいは具合の悪い）歩みをたどった者とそうでもない者とがいる。ただ私としては必ずしも彼らを非難する気にはなれない。何年か前のことだが、熟慮の末に、コレージュのセミナーにルノー・カミュ[30]を招くことにした。彼のことは、彼が前衛小説を書いていたころに、ロランの取り巻きの一人として知っていて、反ユダヤ主義的と称された言辞を『日記』に書きつけて有名になるのはそれより何十年もあとのことだ。しかし論争は沈静化しており、たとえ世間の好感を取り戻すには至っていなくとも、彼は少なくとももう一度チャンスを得るに値した。ロランから借用したつもりで命名した「人生を

30　ルノー・カミュ（一九四六―　）は作家で、バルトのセミナーの聴講者であり、七九年刊の『トリックス』（山岡捷利訳、福武書店、九一）にバルトは称賛に満ちた序文を寄せた（『テクストの出口』所収）。その後「日記」の形式で多数の作品を発表したが、フランスのラジオ番組におけるユダヤ人やユダヤ文化の露出過多が公的放送としての均衡を乱しているという記述が、物議を醸した。さらに二〇一〇年ごろから、移民の大量流入によってフランスの国全体が彼らに乗っ取られ、フランス文化が大きく変質する「大置換」への懸念を表明して、新たな論争に火を点けた。一九七〇―八〇年代には社会党員であったカミュが、反ユダヤ主義、極右的排外主義に転じたという批判が強いが、当人はこれを認めていない。

書く」という題目のセミナー[31]に、このマニアックな日記作者に参加してもらうことが不可欠だった。ルノー・カミュは、相変わらず気取ったしゃべり方で、静かに話した。あるとき不意に会場から声が上がった。この場所では例外的な発言だった。すると、きっと私同様激しい口論などする気がなかったのだろう、彼は黙り込んでしまった。セミナーは早々にお開きになった。その後、軽罪裁判所が彼に有罪判決を言い渡した。もはや彼を招く機会はなく、招くのが適切かどうか思案するに及ばなくなった。

　コロンビア大学の同僚のヴァンサン[32]が、『ロマンチック・リヴュー』のフィリップ・ワッツ追悼号に寄稿してくれるとありがたいと念を押す。フィリップは、去年癌のために、わずか数ヵ月の闘病ののちにあまりに若くして死んだ私の元指導学生である。病魔に倒れたとき、フィル［フィリップの愛称］は、ロランと映画に関する本を準備していた。それをヴァンサンがまとめ終え、目下印刷中である。[33]フィルはコロンビア大学で、ということはどこの大学でおいてであれ、私が指導した博士第一号で、私は人間的にとても好きだった。彼の博士論文はセリーヌの「ドイツ三部作」、とくに『城から城』［一九五七］における演劇性を対象とするものだった。この作品は、ジグマリンゲン［南ドイツ、バーデン＝ヴュルテンベルク州の町］での〈対独協力〉をじつに見事に描いている。フィルは終戦直後の時代の、とくに否認主義（ネガシオニスム）[34]の卓越した専門家になった。パトリツィアが教鞭をとっていたピッツバーグ大学で彼も教えていたので、われわれの接触が途切れることはなく、数年前にコロンビア大学のフランス語ロマンス語文献学科が彼を今度は教授として呼び戻した。学生のころから彼は私のスカッシュの相手でもあった。論文指導教授に対する敬意から、時として私に勝たせてくれることもあった。ヴァンサンの博士論文も指導したが、こちらはソルボンヌでのことで、コロンビアの学科で同僚

31　コンパニョンはコレージュ・ド・フランスの講義題目を、二〇〇八―〇九年度と〇九―一〇年度に二年続けて「人生を書く」とした（「人生を書く――モンテーニュ、スタンダール、プルースト」（二〇〇八―〇九）、「人生を書くII」（二〇〇九―一〇））。毎年の講義は十二回シリーズ（各回一時間）で、各回の講義の直後にゲストスピーカーが話すセミナーが開かれる（同じく一時間）。ルノー・カミュは二年目のセミナーに招かれ（二〇一〇年三月十六日）、「執筆偏執（執筆恐怖症ではなく）」《Graphobie (not graphophobie)》と題する談論風の講演を行なったが、会場から上がった非難の声に反応してか、予定時間の約半分（三十分余）の時点で突然話を止めている（http://www.college-de-france.fr/site/antoine-compagnon/seminar-2010-03-16-17h30.htm）。なお、二〇〇六―〇七年度にコレージュに就任して以後のコンパニョンの講義は、コレージュのサイト上でヴィデオとオーディオで、セミナーの模様はオーディオのみで、視聴できる。

32　ヴァンサン・ドゥベーヌは、フランスの文化人類学者で、コロンビア大学准教授。主著に、『旅への訣別――科学と文学の間に位置するフランス民族学』、ガリマール社、「人文科学」叢書、二〇一〇（本邦未訳）がある。

33　フィリップ・ワッツ（一九六一―二〇一三）はコロンビア大学教授（在職二〇〇八―一三）で、フランス二〇世紀文学と映画を専門とした。ここで話題になる遺作は、Philip Watts, *Roland Barthes' Cinema*, edited by Dudley Andrew, Yves Citton, Vincent Debaene, and Sam Di Iorio, Oxford University Press, 2016である。ちなみに、著者とジャック・ランシエールの対談を併録したフランス語版（英語からの翻訳）が、ひと足早く出ている（Philip Watts, *Le Cinéma de Roland Barthes* suivi d'*Un entretien avec Jacques Rancière*, Saint-Vincent-de-Mercuze, De l'incidence éditeur, 2015）。

34　一般に認められている歴史的事象が存在しなかったと主張する説で、とくにナチス・ドイツによるホロコーストの存在を否認する立場を指す。

になって以後、彼ら二人はとても親しくなった。フィルの闘病中の数ヵ月間、二人はとても近しい間柄だった。

われわれはニューヨークの私の研究室にいる。できればヴァンサンが準備している追悼号に寄稿したい。私がなぜ辞退するのかヴァンサンには理解できないだろうが、目下アイデアが切れている、干上がっているのだ。ロランとポール・シャックについて書いてはどうか、と彼は言う。すぐさま、名案だと思う。ロランと〈対独協力〉という、フィルの二重の関心が結び合わさるからだ。ヴァンサンは、夏前に私が出した第一次世界大戦をめぐる作家たちのアンソロジー[35]のなかで、ロランとシャックが予期せぬ形で結びついていることに気づいていた。そのアンソロジーには、イギリスの客船ルシタニア号の撃沈や、海上でのもろもろの交戦や、潜水艦作戦、あるいは大西洋の戦いなど、海戦をめぐる数ページを組み込むことが私には不可欠に思えた。そこで私は、海軍について書いたフランス人作家のなかでクロード・ファリエールと並んで最も有名なポール・シャック［一八七六―一九四五］の小説をはじめて読んだ。彼の著書のなかには、一九二〇年代から三〇年代にかけてたいへんな売れ行きを見せたものが何冊もある。海軍将校のポール・シャックは、一九一五年から一七年にかけて地中海で活動した駆逐艦マシュー号の司令官で、三四年の退役時には海軍大佐にして海軍史編纂部長であったが、その後の行動がまずかった。このかつての戦士は、戦功章の受章者でレジオン・ドヌール四等勲章の受勲者、三〇年代には文人協会の副会長にして軍人作家連合の会長を務めたが、第二次世界大戦後、ロベール・ブラジヤック［一九〇九―一九四五］とともに、ナチス・ドイツへの協力のかどで処刑される最も悪名高い作家となった。ジャック・ドリオのフランス人民党の党員で、その政治局員でもあり、イギリス嫌いで、四一年には反ボルシェヴィキ行動委員会の創設者にして反ボルシェヴィズム・フランス志願兵部隊の共同創設者となり、アーリア・クラブの会長でもあった彼は、四四年八月二十三日、敵方と共謀したとの判決を受け、十二月十八日死刑執行を言い渡され、四五年一月九日にモンルージュの要塞で銃殺された。六十九歳だった（ブラジヤックはその一ヵ月後に処刑された）。

数年前にポール・シャックの著書の数冊を、死んで間もない父の書棚に見つけていた。なかでも、彼の名声を作り上げたのは最初の二冊、『海上交戦』［一九一六］と『フランドルの岩礁で』［一九一七］だった。父はロランより一歳若く、それらの本を子供のころに贈られていた。磨滅しているところを見ると、繰り返し読んだに違いない。もっとも、それらを手放すことはなかったものの、子供時代の私に読ませたことは一度もなかった。一九五〇年代には、言わずと知れた理由から、かりに父親自身がかつてそれらの物語に昂揚を味わったとしても、息子にポール・シャックの本を贈るなどということはもはやありえなかった。

私が最初に選ぶつもりにしていたのは、『フランドルの岩礁で』中の一章「野蛮な冬」で、ド

35　*La Grande Guerre des écrivains. D'Apollinaire à Zweig*（『作家たちの第一世界大戦　アポリネールからツヴァイクまで』), Textes choisis et présentés par Antoine Compagnon, avec la collaboration de Yuji Murakami, Gallimard, coll.Folio, 2014.

イツが無制限魚雷戦争を開始した一九一六年から翌年にかけての冬の、このうえなく劇的な戦闘の一幕を物語っていた。しかし、アンソロジーの原稿を手渡すときになって、疑念や後悔が残らないようにシャックの本をもう一度ざっと読み直してみることにした。それというのも、すでにセリーヌのほかにドリュー・ラ・ロシェルやブラジャックまでも収録しなければならなかったアンソロジー（のちの対独協力者たちのかくも多くが、それより前、一九一四―一八年の戦闘についても重要な書き物を残しているからには仕方がない）に、さらにシャックまで収録したら、非難を受けるかもしれないと危惧されたからだ。そうして偶然にも、ひとつ前の章を読み直したのだが、そこは数ヵ月前にあまりにそそくさと読み飛ばしていた箇所だった。『フランドルの岩礁で』のその第十四章は、じつは、一九一六年十月のある夜、英仏海峡で夜通し繰り広げられた海戦の模様を語っている。「トロール船モンテーニュ号」と題された章で、哨戒艇補助船に改造され、五十七ミリ砲を積んでサンガット〔仏北〕沖で沈没した漁船の名に因んでいた。その船の船長こそはルイ・バルト、ロランの父だった。

第二哨戒小艦隊の司令官ル・ビアン海軍中佐は、未亡人に宛ててこう書いた――「夫君に愛され慈しまれた奥様の御心痛はいかばかりか、経験上承知しております。ですが、奥様、どうぞそのお苦しみを克服なさってください。あなたがたお二人の喜びの源であった愛しい幼子に思いを致してください。そしてあなたの夫君が、フランスへの義務を果たしながら、フランスのために死を遂げられたことをお考えください」。これらの将校は「栄えある死」を語り、亡骸を遺族に返せないことを詫びた。北海小船隊を束ねる分艦隊長のエグゼルマンス大佐はこう書いた――「かくして、モンテーニュ号船長の墓は、彼が指揮した船の艦橋、彼が離れることのなかった戦闘拠点なのです。あなたとしては、そこに赴いて祈ることのできる、のちにあなたの愛しいお子さんを連れていける、別種の墓を所望されることでしょう。しかしあなたがたの眼差し、あなたがたの祈りは、墓よりも高い場所に届くはずです！」

ロランの父親の死をめぐる英雄譚は、リセ・モンテーニュ（ルイ・バルトが死んだトロール船と同じ名前である）の第三学級の教師が、ロランの名と並べて、クラスの子供たちの父親のなかで「フランスのために死んだ」ただ一人の父親として彼の父の名を黒板に書きつけたとき、男の子たち全員になじみ深いものとなった。「永遠の作家」叢書に収められた自伝に彼が記しているように[36]、新学期に際してロランはこの栄光に当惑し、窮屈な思いをした。母親への愛着がとても強いロランは、父親に言及することがまずない。あたかも父親の運命にまったく影響されず、父親というものを持たなかったようなのだ。おそらく、われわれの会話で彼の父親が話題になったことは一度もない。

ロランからの二通目の手紙は、「わが親愛なるコンパニョン」という言い回しで始まる。今日

36　『彼自身によるロラン・バルト』（一九七五／佐藤信夫訳、みすず書房、一九七九、五一頁）。

ではもうこんな呼び方はしない。小学校でも中学・高校でも、私が通っていたころは姓しか用いず、けっして名は使わなかった。先生がわれわれを呼ぶときに限らず、われわれの間でもそうだった。それで、当時親しくなった同級生を思い浮かべるとき、記憶によみがえるのは彼らの姓である。名も知っていたはずだが、口に出して呼ぶことはなかったので記憶に残っていない。たとえば小学校で、兄が私の姉と同級生で、弟が私と同級の兄弟がいて、彼らと仲良くなり、ヴァカンスの間もよく会っていた。彼らの姓はすぐ記憶に浮かぶが、名は、どれほど思い出そうとしても完全に記憶から消えている。毎年夏にコンピエーニュ〔ノール・パ・ド・カレ地方、オワーズ県の町。人口約四万〕で会い、プールへ行ったりドッジボールをしたりしていたころ、どのように呼び合っていたのだろうか。おそらくは、学校での習慣を断ちもせず踏襲もせずに済むように、互いに呼び合うことはなかったのだろう。

ロランは、当時年長者が年少者を呼ぶときにそうしたように、私を姓で呼んだ。では私のほうは、当時彼にどう呼びかけていたのだろうか。手紙の冒頭に、きわめて匿名的な「ムッシュー」とか「親愛なるムッシュー」といった定式を書きつけたのか、それとも、ロランには研究指導教授の肩書があったから、「指導教授様」だったか。「親愛なるロラン・バルト」とは書かなかったことはたしかだ。作家への賛美と受け取られるか、仲間うちの馴れ馴れしさ、対等を気取るふるまいと受け取られるか定かではない曖昧さゆえに、きっと自分でも礼を失すると感じたはずのこんな呼び方は、あえてしなかっただろうから。後年私は、世に知られた人々に、フルネームで呼べばだれだかわかる人々に宛てて書いていることを口実に、この便利な呼び方を用いるのが習慣になった。こうした呼びかけにこもる謙譲の意味を受取人たちが感じ取り、この表現を英語的用法とみなすことがないようにと期待しながら用いるのだ。私がロランと知り合った時期からこの方、こうした呼び方はひどく廃れてしまったので、私が受け取る手紙、あるいはメール――手紙のやり取りはまれになったから――の始まりは、「こんにちは（ボンジュール）」でなければ、「ムッシュー」のあとに姓を添えて「ムッシュー・コンパニョン」のように呼びかけるものだが、こんなふうに書かれると、チョークが黒板のうえで軋るように驚いて飛び上がってしまう。

二通目の手紙以後、ロランは私をアントワーヌの名で呼び始めた。しかし他の多くの人々がしばらくは私を姓で呼びつづけた。名での呼び合いはまだ広まってはいなかった。目上の者が目下の者に呼びかける場合だけでなく仲間うちでも、姓で呼ぶのが依然ふつうだった（ド・ゴール将軍、ポンピドゥー、マルローのもとで育った私の年代の者は、大臣たちがファースト・ネームで呼び合い、「君、お前」でなれなれしく話を交わし、エリゼ宮の玄関の階段でキスを交わすのを見聞きすると、今もって面食らってしまう。シャルル・モラゼ［一九一一―二〇〇三］は今日では歴史家としてあまり顧みられないが、品格ある紳士で、理工科学校時代の私の先生だったのだが、彼を人間科学館（メゾン・デ・シアンス・デ・ゾム）や、ポール・ドゥーメール通り［パリ十六区］にあった彼の住まいの広大なブルジョワ風客間に訪ねたときに聞いた声が、今も耳に残っている。彼は弾けるような「わが親愛なるコンパニョン」の呼びかけとともに私を迎えてくれた。あの声が今も記憶のなかで反響している。ピエール・ノラ［一九三一―、歴史家、ガリマール社の社会科学部門の出版責任者、『記憶の場所』の監修者］も長いこと私に同じ呼び方をしたが、彼が私の編集者になってからは徐々に結びつきが強まり、名で呼び合うようになった。たしかに契約は双方にとって平等ではない。二人が私のことを「コンパニョン」と呼んでいたときも、私のほうは、シャルル・モラゼを「モラゼ」とは呼ばず、ピエール・ノラを「ノラ」とは呼ばなかった。

さらに、『クリティーク』誌の編集長ジャン・ピエル［一九〇二―九六］がいる。この雑誌には、私がロランのセミナーに出ていたころから協力してきた。ジャン・ピエルはロランよりも優に十歳は年長で、私が知り合ったときには七十歳を超えていた。財務省を退職してから、時間のすべてを『クリティーク』誌に費やしていた。その後の数年間は頻繁に彼に会った。当初は多数の記事を寄稿し、その後寄稿数は減ったが、ずっと彼に近いところにいて、ある日ニューヨークからの帰路に彼に会いに行こうとしたら、彼の死をいち早く知る者の一人となった。そんな事情から、彼の後継問題にも関わることになった（この件はいつか語る必要があるだろう、私が即座に行なったこととのちに知ったことを）。数年間の協力と「リラの舞踏場（ラ・クローズリー・デ・リラ）」[37]やドラゴン街の「ティビュルス」［『クリティーク』誌創刊者のバタイユがよく昼食をとったパリ六区のレストラン］でのたびたびの昼食を経て、彼が私をどのように呼んでいたか思い出せない。「リラ」ではボーイたちに対してきつく、「ティビュルス」の女将への応対のほうがうんと丁重なわけでもなかった。とにかく、彼が私を名で呼んだためしがあったかどうか定かではない。結局彼は、つましい使用人にふるまうように、感じのよい大時代な荒っぽさをもって、下品さと善良さ、気むずかしさと鷹揚さを、相手を魅了せずにはおかないやり方で混ぜ合わせながら、私に接していたのだ。少ししてから私は編集委員になった。そこにはロランがいて、他の委員のこともそれまでよりもよく知った。ミシェル・フーコーは編集部を離れたところだった。こうして私は、ミシェル・ドゥギー、ルイ・マラン、フローランス・ドゥレ、ミシェル・セール、ユベール・ダミッシュらとよく顔を合わせた。

私を今も姓だけで呼ぶ人はまれである。人の呼び方の作法がこのように変化に富むことをあらためて考えるのは、きっとこの冬にあったさる昼食会の機会に、久しく会ったことのなかったミシェル・セール［一九三〇―、哲学者・科学史家］と隣り合ったからだ（もう一人はアラン・フィンケルクロート［一九四九―、哲学者］で、彼もかつてロランのセミナーに出ていた）。われわれは、『レクスプレス』誌が「ブリストル」［パリ八区、フォブール・サントノレにある豪華ホテル］で開催した、年間ベスト・セラーの著者たちの昼食会に招かれていた。セールは『親指姫』の著者として、私は『モンテーニュとのひと夏』［邦訳『寝るまえ5分のモンテーニュ』、白水社］の著者として。どちらもありえないような売れ行きを見せたのだった。さて、セールは、さながらフランス海軍の気むずかしい司令官、『クリティーク』の近衛兵士といった風情で、たえず私を姓で呼び、それ以外の呼び方をしなかった。これが四十年近く前、『クリティーク』の編集部の夕食会での慣用であったに違いないと思った。その夕食会は、ムッシュー・ル・プランス街のジュラ地方の料理を出すレストラン「シェ・メートル・ポール」の、螺旋階段を昇っていく二階で催されたが、

37　パリ六区、モンパルナス大通りにある一八四七年創業のレストラン。芸術家や知識人が集う店として知られる。

杖を携え、ブーツを履き、片脚の不自由なピエルにはそこに行き着くのがひと苦労だった。今ではピザ店にとって代わられたこのレストランでは、肥育鶏のアミガサタケ添えを食べながら黄色いワインを飲んだものだ。

　このように、今もって私のことを姓で呼ぶ人々が何人かいる、セールがそうだし、（たちまちもう一人思い浮かぶが）ジャック・ブーヴレス［哲学者、一九四〇―］がそうだ。彼もまたピエルの周囲で知られていた人物で、ピエルとともに、というかピエルをけしかけて「新しい哲学者たち（ヌーヴォー・フィロゾーフ）」と戦っていた（それに対してロランは、さりげなく彼らと交わる危険を冒し、今日では忘れ去られたジャン＝マリ・ブノワ［一九四二―一九九〇］や、その共謀者ベルナール＝アンリ・レヴィ［一九四八―］との対談に応じていた。二人をブーヴレスは毛嫌いしていた）。ブーヴレスとはコレージュ・ド・フランスの同僚になって再会したが、われわれの執務室に通じるエレヴェーターですれ違うときの彼は相変わらずとっつきにくく、私のことを「コンパニョン」と呼び、われわれは相手に「あなた」を用いて会話をしている。セールやブーヴレスのような年長者は、駆け出しのころの私を知っていて、その後長く会うことはなかったが今も少し上から私を見下すように接して楽しむ。彼らのそんな素振りは私を若返らせてくれるので、不愉快なものではない。それに対し、彼らと同世代で、もっと間断なくやり取りがあったドゥギーやノラのような人々は、私と名で呼び合う関係になった。ロランの場合には、この変化はすぐに起こった。私も彼を（この本でしているように）名で呼びはじめた。もっとも、「君（チュ）」で呼び合おうという彼の提案は辞退したのであるが。彼はまた、著作のなかで私をA. C. というイニシャルで指すのが習慣になった（R. B. と自称したように）。

それに、二通目の手紙で驚くのは、この「親愛なるコンパニョン」だけではない。彼はこの手紙のなかで、私が読んでほしいと頼んだと思われる文章についてコメントをしている。その文章についてはまったく思い出せず、ほんのわずかな記憶も残っていないので、この手紙を読んで私が最初に考えたのは、彼が勘違いをしていて、だれか別人のことを語っているのではないかということだった。気の毒なロランは、彼の意見ないし称賛を求めて、若者たちが男女を問わず、大量の書きもの、読むにたえないテクスト、作者「自律的テクスト」とやらを送り付けてくるのを嘆いていた。それなのに、私も自分の書いたものを送って、彼を困らせていたとは！　しかも自分が送った内容をきれいに忘れてしまっているとなっては、なおさら恥ずかしかった。当時、私はまだ国立土木学校の学生技師（そのような資格だった）で、創作と批評の間で迷いながら、ものを書くという考えと戯れていた。ロランがその冬読んだテクストは、どうやら一篇の短篇小説だったようだ。私はそれに何らかの価値があると思ったのだろうか。おそらくそうではないだろう。まもなく自らすっかり興味を失ったのだから、たいしたこだわりはなかったかに見える。それに今は、古いダンボール箱を空けて、ロランが感想を書いてくれた短篇小説を見つけ出すときではない。じつを言えば、ロランの反応は、控えめで熱意に欠けるものだ。それは、彼のコメントから判断するに、問題のテクストにはおそらく何も注目に値するものはなかったからだ。

その冬にはまた、ミシェル・フーコーのコレージュ・ド・フランスでの授業にも出た。『監獄の誕生——監視と処罰』［一九七五］に続いて、十八世紀以来の行政機構による異常者の排除の問題を扱っていた。[38] 何人かの仲間でそれを聴講した。講義の始めのころ、大学街（リュー・デ・ゼコール）の角にあるラルース書店（今日ではコンパニー書店に変わっているが、私とほぼ同い年のコレージュの女性助手は、何かの本をそこへ買いに行ってもらうたびに今もラルース書店と呼ぶ）の陳列窓の前に立ち止まると、ロランの新刊が目に入った。表紙が多色刷りで新鮮だった（ロランが素人画家でもあることを知らなかった）。それは彼の小さな自伝で、むしろ自画像だという見方もありえるだろう（この点は専門家の議論の種になってきた）。以来この本は、彼の著作のなかで私がとくに好きな一冊、最も自家薬篭中のものとなり、リズムが効いて、とにかく幸福感に満ちた本になっていると思う。私は店に入り、その本を買って、肩掛けかばんに滑り込ませた（都会風リュックがはやる以前は、人々はこのかばんをたすき掛けにして、原付自転車か原付バイクで移動したものだ）。コレージュに着いて八番講義室で友人たちを探すと、アンドレがいた。彼もラルース書店に立ち寄り、ロランの本を目にし、それを二冊買って、一冊を私にくれたのだ。彼の身振りに心動かされた私は、自分もこの小さな本を購入したが、彼に比べて自分勝手で気前もよくないので、彼の分も合わせて買い求めることなど思い付かなかったとは言えなかった。同じ本二部は、今も私の書棚に隣り合っている。二冊を識別するのは容易だ。アンドレは私にプレゼントしてくれるときに、セミナーの写真の掲載されたページの余白に鉛筆で一文書き込んでいるからだ。ロランが高く評価し、セミナーというものの本質のようなものが体現されているそのセミナーは、ダニエル・ブーディネがトゥルノン街の高等研究実習院の中庭で撮った写真によって不朽化されているのだが、それはわれわれの前年のセミナーであったことを私はまもなく知った。というのも、徐々に、その写真に写っている人々と知り合うに至ったからだ。シャンタル［・トマ］、ロラン、エヴリーヌ、ジャン＝ルイ、クリスティーヌ、ユセフ、ジャン＝ルー、パトリス、コレット、……といった人たちだ。前列では、おそらくはカメラマンの命令に従って、皆が微笑んでいる。それに対し、後列の人々はもっとぎこちない顔つきのままだ。この不調和に気づいたのはアンドレであるが、彼もそれをどう解釈すればよいのか訝っていた。

その後、六月ごろに、ロランからポンロワイヤルのバーで会おうという提案を受けた。バック街（リュー・デュ・バック）のホテルの地下にあるそのバーに行くのははじめてだった。建物の改築のときにバーは消滅し、今は存在しない。その思い出のなかを行き来するのは、決まって、ボードレールの「白鳥」を新たに書くこと、メランコリーとアレゴリーを混ぜ合わせることに等しい。[39] 昨夜、眠れないまま、五歳のころ、家族で住んでいたチュニスのアパルトマンの間取りを思い浮かべてい

38　一九七四―七五年の講義。邦訳『異常者たち』、「ミシェル・フーコー講義集成」、慎改康之訳、筑摩書房、二〇〇二。

た。チュニジアの独立後、われわれは急いでその住まいを離れたのだった。それがあった建物は今では、青い鎧戸を備えた病院になっている。ポンロワイヤル・ホテルでは、ホールを通らずに、通りに面した扉の背後にある細い階段を下りていくと小さな部屋に通じた。そこの床は擦り切れた敷物に覆われ、肘掛け椅子にはワインカラーのウール地ないしモールスキンが張られていた。ロランはシャンパンを注文し、私も礼儀上付き合った。当時私はシャンパンがあまり好きではなかった。子供のころから、めでたい日にシャンパンをふるまわれると頭痛がしたが（気泡がいけないのかもしれない）、ついにあるとき、とても辛口の、とても高価なシャンパンだけは、快適に飲めることがわかった。ロランは極辛口のシャンパンに目がなく、私は彼に任せることが多かったが、徐々にシャンパンが好きになった。夏場、レストランのテラスでシャンパンを飲みながら夕食をとるのを彼はとても好んだ（何を祝うためだったか覚えていないが、何かを祝うために彼とヴォージュ広場のレストラン「ココナス」のテラスでとった幸福な夕食のことを思い出すたび、製造年号の入ったすばらしいシャンパンがもたらしたほろ酔い気分も合わせてよみがえる）。

その日、われわれは盃(クープ)一杯のシャンパンで満足した。「盃」とは言え、「フルート」と呼ばれる首の長いシャンパングラスなのだが。セミナーは、恋愛のディスクールをめぐる拡大セミナーも、ロランを含め、われわれ各自が順番に自分の研究を発表するささやかなゲームに励む限定セミナーも、すでに終わっていた。当時はまだそれほどはやりでもなかったものの（『愛人』の十年前のことだ）個人的に入れ込んでいたマルグリット・デュラスについて話した。トゥルノン街

〔社会学高等研究院〕以外の場所でわれわれがはじめて会うに当たっては、その日時はおそらく電話で決めたのだろうが、明確な用件、少なくとも口実があった。つまり、次年度も私がセミナーに参加するかどうかを決めなければならなかった。終わったばかりの一年が私の実存を変えたのは明白だった。私は理工学の勉強を終えていたが、若い技術者が通常進む施設・整備関係の県管轄下の一部局に勤務先を求める代わりに、その冬、ティエール財団研究員の申請を出していた。これは十五人の若者（当時はまだもっぱら男子を指した）を三年間受け入れ、博士論文を準備させる、小さな、一風変わった財団だった。その館長はロベール・フラスリエール[40]で、よく知られたパリ・コミューン記念式典の夕べ（私はそこでコンピューターのプログラム制作マニュアルをなくしたのだが）のあと、パリ高等師範学校長の職を更迭され、このポストに就いていた。選考委員会は各種アカデミーの代表者からなり、財団の寄宿生はほとんど全員が高等師範学校出身者であったの

39（45ページ）ボードレールの詩「白鳥」（『悪の花』第二版、一八六一）は、第二帝政期の変貌著しいパリを散策する詩人が、もはや存在しない「古いパリ」を愛惜しながら、夫を失いギリシア方の捕囚となったトロイヤの英雄の未亡人アンドロマックの流謫にわが身を重ね、移動動物園から逃げ出して埃っぽい路上で翼を羽ばたかせる白鳥にも同一化する。さらには流謫の境遇にある者すべてに向かうメランコリーの交響詩になっているのだが、そこに作動しているのは、詩人の目に飛び込んでくるあらゆる風物が記憶に働きかけ、個々別々に何かの隠喩になるのではなく、相互に関連付けられた連続的隠喩ないしイメージの織物、すなわち寓意（アレゴリー）の形成である——「パリは変わる！　けれど私のふさぐ心のなかでは　なにひとつ／動いていない！　新しい宮殿も、足場も、石材も、／古い場末の街も、すべては私にとって寓意となり、／わがなつかしい思い出は岩よりもなお重いのだ」（安藤元雄訳）。

で、私の申請は奇抜だった。しかし、少なくとも即座には、取り消しの効かない職業生活に身を投じたくなかった。今しばらく外気に当たり、高級官僚の生活よりも自由な生活をすることに興味があった。自分でも明確に思い描けないまま、研究や創作の修練に励みたかった。それで、可能性は低かったが、応募してみたのだ。すると、予想に反して、私の志願書は採択された。冬の間に合格を知った。それで、数ヵ月というもの、何かにつけて相当のぼせ上がった。博士論文の準備を開始したが、その種の計画に必要な方法についてはまったく考えていなかった。ジュリア・クリステヴァの指導のもとに、ある題目を提出したが、クリステヴァにとってははじめて指導する博論で、私同様彼女もまた即興で事に当たっていた。しかし私はやる気満々だった。

二年目もロランのセミナーに出るかどうか彼と話し合うために、ポンロワイヤル・ホテルの小階段を下りていった（後年、このバーはますます古めかしくなり、閉店にいたるまで、巣窟でないにせよ、待ち合わせのためのなじみの場所になった）。今でも疑問なのだが、その日の会話では、まるで二人の恥ずかしがり屋、二人の臆病者の出会いのように、ある種の誤解があったのかもしれない。私がもう一年続けてセミナーに出たいと言明することを遠慮したのかもしれず、ロランはロランで、続けて参加したいのか私に訊くのを控えたのかもしれない。あるいは、考えるところを率直に述べ合い、私がもう一年参加したいという希望を表明せず、ロランのほうからこれ以上来るには及ばないという助言があったのかもしれない。「君はこの一年で私の授業から汲み取れるものはすべて汲み取った」と彼は言っていた。「セミナーでの経験をこれ以上積み重ねるのは無益だと思う。他にもっと有益なことがあるだろう」――彼は強い口調でそう言った。「しかし、これからも引き続き会うことにしよう。ただしこれまでとは違うリズムで、差し向かいでね。」

ロランの言葉は、セミナーについて彼がそれまで書いてきたことと、本当のところは合致していないように思えた。冬に出た小さな自伝においても、それより少し前、『ラルク』誌に掲載された論文[41]でも、セミナーはユートピア的で幸福感に満ちた空間のように構想されていて、いま思えば、その論文が間違いなくその場への私の好奇心を掻き立てたのだった。あたかもロランが迷いから覚めたかのよう、セミナーがもはや彼の期待に応えるものではなくなったかのようだった。さもなければ、一方にはセミナーを大学の世界における例外的な避難場のように称揚する公的な言葉があり、他方にはもっと内密で懐疑的な、どことなく憂愁に満ちた言葉があって、セミナーはいつもこれらの二重の言葉で語られてきたかのようだった。それとも、論文と自伝的断章で語られ、写真まで添えられているあの年のセミナーのあと、われわれの参加した年はもっとありき

40（47ページ）　ロベール・フラスリエール（一九〇四―八二）はヘレニズム学者で、パリ大学教授、パリ高等師範学校長（六三―七一）などを歴任。一九七一年、パリ・コミューン百年記念式典の際、毛沢東主義を標榜するセクトが学校を占拠し、その責任を取る形で当時のポンピドゥー大統領により解任された。その後、七五―八〇年、ティエール財団館長。

41　「セミナーに」、『アルク』誌第五六号、一九七四年第一号、のち『言葉のざわめき』（一九八四）に収録。邦訳は『テクストの出口』沢崎浩平訳、みすず書房、一九八七所収。

たりで、彼にはそれほど魅力的に見えなかったということだろうか。トゥルノン街でセミナーが開かれていた最後の時期のことで、その後ロランはコレージュ・ド・フランスに就任したのだから、すでにこの移籍のことが頭にあったはずだ（ポンロワイヤルのバーでの会話の時点では、数ヵ月後に具体化する彼の計画をまだ知らなかった）。取り違えがあったにせよ、なかったにせよ、いずれにしてもロランはトゥルノン街で私と再会することを願ってはいないと思ったし、私もそれにこだわらなかった。われわれは夏が終わったらまた会おうと約束して別れた。（奇妙なことに、それでも翌年のセミナーにときどき参加して、一度発表までした記憶がある。）

九月にはティエール財団の環境にも慣れた。ヴィクトル・ユゴー広場とドーフィーヌ門の間にあるビュジョー円形広場に位置する、興味深い世紀末建築だ。二階と三階にある寄宿者用の十五の部屋は中庭の、ガラス張りの屋根に覆われた回廊に面していた。一階は、広いホールを取り囲んで、広間、図書室、食堂、それにビリヤード場が開けていた。この施設の話を始めると、自分がときどきここを夢想していることに気づく。今ではもう自分が知っていたころの姿では存在しないこの一風変わった建物に立ち返っていく（ここはその後、さる会館、ついでホテルになった。最近知ったばかりだが、百歳にならんとするオリヴィア・デ・ハヴィランド[42]がその一室を住処としたらしい。もしかすると、私のいた部屋に住んでいるのかもしれない。いささか、『進め龍騎兵』のころのエロール・フリンと知り合いだったような気分だ）。私はそこを住まいとはしなかったが、かなり頻繁に通い、他の寄宿者たちと昼食を共にした。新しい身分を得たのを機に、リシュリュー街の国立図書館を訪れた。やがてそこに熱心に通うようになった。

ロランとは、週に一度会い、夕食を共にする習慣ができた。彼の時間割は友人の一人ひとりに結びついた多数のしきたりに規制されていた。個々の友人との関係に仕切りを立てていたからだ（やがてしかるべき時が来るとそれらを融合したのだが）。われわれは、ボナパルト街がサン・ジェルマン広場に出る角、ディヴァン書店（この書店もなくなり、そのあと名前を変えて再開されたが、その書店もまた閉店を余儀なくされた）の真向かいのカフェ「ボナパルト」でよく会った。一九五〇年代にサルトルが母親と住んでいたアパルトマンのある建物の四階下にあたる。午後八時半になると——ロランには「遅刻癖」が耐えがたかったから——、彼が足を軽く内側に向けて歩きながら、小股で広場を横切ってくるのが見えた。カフェ「フロール」〔六区〕か、ブラスリー「ラポリネール」〔十五区〕で一時間前にだれか別人と面会したあとで、そこにやって来るのだった。午前中はもっぱら仕事をし、家族と昼食をとり、昼寝をし、少しピアノを弾くか絵を描き（しかし午後はまた「マリネ」[43]になるような退屈なひとときでもあった）、母親とお茶を飲んだあと、宵の始まりの時刻に外出し、界隈のいくつかのカフェで一連の面会をこなし、やがて夕食を共に

42　オリヴィア・デ・ハヴィランド（一九一六— ）はハリウッド黄金期を代表する女優の一人で、イギリス人として東京で生まれ、のちアメリカに帰化した。同時期のアクション・スター、エロール・フリン（一九〇九—五九）と、マイケル・カーチス監督の『進め龍騎兵』（三六）で共演した。

する予定の人物に会うのだった。腰を下ろすやいなや、煙草に火を点ける。食前酒の代わりにわれわれはコーヒーを飲んだ。よそでなおもお茶やら早々にシャンパンやらを飲んだあと、奇妙な慣習だが、いつもコーヒー、それもエスプレッソだった。この一週間を振り返り、どこのレストランに行くかを決めるのだった。

　とくに記憶にあるのは東洋風料理の店、ベトナム料理店だったはずだが、セーヌ川と平行に延びた通りに位置してボナパルト街にも面していたように思われる。あれほど頻繁に通ったのに正確な場所を同定できない（狭いヴィスコンティ街の角にあった「古兜亭（オ・ヴュー・カスク）」、あの評判の芳しくない、さして東洋的でもない安食堂ではない。あれもその後店じまいした）。先日の晩、コレージュからの帰り道、例のレストランを突き止めることを思いついた。サン・ジェルマン・デ・プレとセーヌ河岸との間を、ヴィスコンティ街やボザール街を、あの曖昧なアドレスを探し求めてかなり長時間うろうろした。しかし思い出す手がかりになるようなものは何一つ見つからなかった。がっかりしたが、あれらの晩に自分は夢を見ていたわけではないという確信を抱いて（だが、あるいは夢見ていたのかもしれない）、思い切ってヴェルヌイユ街まで足を延ばした。とはいえ、界隈のすべてのレストランに足を踏み入れるつもりはなかった。それに、問題のレストランに行き着いたとしても、その内部をそれと認識できなかっただろう、われわれが食事したベトナム料理屋にしても、あれ以来ピザ屋かクスクス料理屋に変容している可能性が大いにあるからだ。

　それに、よく夕食をとった、あの人目につかない店のことを考えていると、まれな昼食の様子が、われわれのテーブルに日が差していた光景が思い浮かぶ。ところが、われわれが二人だけで昼食をとることはほとんどなかった。だからこそ、おそらくはベトナム料理屋でのあの昼食が記憶に刻まれたのだ。それは夏、最後の夏の一つ、それも八月のさなかだった。私の記憶に間違いがなければ、ロランはその日の朝、ユルトから飛行機で到着し、パリは、アンドレ・テシネのブロンテ姉妹にまつわる映画の撮影[44]のためにスコットランドのどこかの土地に向かう経由地でしかなかった。彼はひどく不調で、神から見放されたような孤独の思いをほとんど隠さなかった。彼はパスカルの『パンセ』を読んでおり、その日の話題はそれだった（この読書の形跡は、小説の準備をめぐる講義のなかに確認できる）。

ロランはいつも早食いで、朝から何も食べずに空腹を抱えているかのように、次々と料理に食らいついた。まるで体型が気にならず、痩せなければならないという偏執など持ち合わせていないかのようだった。定期的に食事制限を始めてはまもなく放棄してしまうのが常ではないかのようだった。料理がテーブルに置かれたとたんに、一見がつがつと彼を食べ物に駆り立てるものは、

---

43 （51ページ） フローベールの際限ない推敲作業を語る文脈で用いられる比喩（「フローベールの文」、『新・批評的エッセー』花輪光訳、みすず書房、一九七七、九四頁）。
44 バルトは、アンドレ・テシネ（一九四三― ）の映画『ブロンテ姉妹』（七九）に、イギリスの作家サッカレー役で出演している（九七頁を参照）。

空腹でも大食でもなく、おそらくは倦怠だった、彼の身振りのすべてにまといつく漠とした悲しみだった。

私が思い浮かべるのは、ネムをがつがつと貪る彼の姿だ。春巻きをつかんでは急いでサラダ菜とミントの葉で巻き、それをニュクマム・ソースに浸し、かりかりに揚がった衣をほおばると、指の間をソースが滴る。ただし、この光景はむしろ、高等研究院でのセミナーが終わってから皆で出かけた小さな中華料理屋でのことだろう。あるいは土曜日に、信奉者たちの小グループで昼食をとっているときか、コレージュ・ド・フランスの講義を私がときおり聴講したときのことだろう。料理の皿がテーブルに置かれたとたんに、ロランは箸など使わずに、フォークか手できれいに平らげた。私はそれまで自分が遅食いだと思ったことはなく、子供のころ妹が母によく叱られていたように、いやいや口に運ぶような食べ方はしていないつもりだった。後年、寄宿舎では、食堂に行くときには皆死ぬほど空腹で、いそいそと残り物をもらいに行ってはまたたく間に平らげたのだが、そんなわれわれもロランには完全に負かされたことだろう。何しろ彼は、長年サナトリウムで訓練を受け、よくなるためにたくさん食べなさいと鼓舞されたからだ。

それから彼は、小さなリングノートとボールペンを取り出し、皿のかたわらに置いて、われわれの会話から思い浮かぶアイデアをときどき書きつけた。当初、この癖は私を戸惑わせ、不快でさえあった。彼ほど洗練され、かつ鷹揚な人にあって（初回に釈明や弁解をしなかったと思う）いかにも礼儀作法に反していた。そうすることが作家（ロランはけっしてこの役柄を気取ることはなかった）にはどうしても必要であるかのように会食者にも押しつけるのではなく、とても重要な考えを忘れてしまうのが危惧され、大急ぎで書きとめなければならないとでもいうようだった。それほどそれが貴重でかけがえのないアイデアに思えたのだ。それは彼の整理用カードを用いる手法にも適うものだが、私はそれにもなじめなかった。

サン・ジェルマン・デ・プレ界隈でわれわれがよく行ったレストランは他にもあるが、同じく今では店じまいしていて、忘れてしまった。ときには「フロール」で、玉子とボルドー産のグラスワイン一杯だけの夕食をとった。あるいは、思い切ってヴォージュ広場か、その近くのブラスリー「ボーフィンガー」（蓋を被せて出す料理がロランのお気に入りだった）まで出かけた。その後、ロランは私の家に来て夕食をとった。お菓子か（一度など巨大なピティヴィエ［アーモンドクリームパイ］を持ってきた）、シャンパンを持参した。さらに時が下り、彼の母親が亡くなってからは、私が彼の家に出かけて夕食をとった。母親が上階に行けなくなると、ロランは三階の母親の部屋まで下りてきて、母親が亡くなったあともそこで暮らしていたのだが、そのアパルトマンの小さな台所での夕食だった。彼の家、また私の家でのこうした俄か料理人の手になる食事にはボルドーワインが伴うことが多かった。この選択がどちらの責任で行なわれたのか言えないけれども、二人とも同様にこれが気に入った。いずれにせよ、食事は早々に済まされ、われわれはおしゃべりをした。ロランは葉巻に火を点け、私は紙巻タバコを吸った。外で夕食をとったときには、彼の家まで送っていったが、遅い時刻になることはけっしてなかった。ロランは、ボナパルト街を下ったところにある、夜も営業している薬局に立ち寄り、母親と自分のために薬を買い求めた。自分用には、彼が「セファレ」とも呼ぶ頭痛薬の「オプタリドン」を買った。この薬の名を聞いて、自分が子供のころ、これを飲んでいた祖母のことを思い出した。セルヴァンドーニ街の住まいの扉のところで別れたが、ときには、もうしばらく七階までいっしょに昇っていくこともあった。彼はその屋根裏部屋を仕事場にしており、揚げ戸で一家のアパルトマンに通じていた。それから私は、徒歩か、クリシー広場行きのバスに乗って帰宅した。

はじめてロランの家に上がったのは、その年の秋だった。私は書く事象をめぐる瞑想のようなものの執筆に取りかかっていた。それはのちに私の博士論文の、次いで最初の著書『第二の手』[45]の、第一部をなすはずだった。読むことと書くことをめぐる素朴な現象学のようなもので、引用、切り抜き、貼り合わせといった観念を対象にしていた。新米の血気をもってそれに取りかかったが、執筆も順調に進んだ。第一稿を書き上げていたが、私には携帯タイプライター「エルメス・ベイビー」しかなかった。二年前に買い求め、最初のテクストをいくつか打ったタイプライターだ（ケロールに送ったテクストもその一つである）。いっそう職業的にテクストを用意しなければならなくなった今、このタイプライターは使い物にならなくなっていた。ロランと私は夕食の間にこの件について話した。どうしてこれが話題になったのだろう？　もしかしたら、私のほうからロランの仕事の仕方を尋ねたのかもしれない。何しろ、この面で彼から受けた教えは、これまでずっと私に強い影響を及ぼしつづけてきたからだ。ロラン自身は著作のすべてを手動タイプで自ら打っていた。手動タイプは、パリに一台、ユルトに一台所有していた。彼はまずは手で書き、それから少なくとも一度は彼独特の丁寧な字体で清書した。彼の草稿は、字が詰みすぎておらず、加筆部分を中括弧でもとのテクストと結合できるように、左右の余白にも上部にも下部にも空白を設けてあった。準備が整うとタイプで打ち始めたが、彼は猛スピードでそれをした（私が受け取った複数の手紙に、恋愛のディスクールをめぐる著書をすさまじい調子でタイプ打ちしている様子が語られている）。

進歩を告げるサイレンに屈して、彼はそれより数年前に電動タイプを据えることにしたのだが、その使用法がどうしても会得できず、早々に使うのをあきらめてしまっていた。キーを押すと機関銃のように動き出し、打とうとした字が繰り返し打ち出されて手が付けられなくなるのだった。彼はそれにひどく腹を立てていた。彼の過失だったのか、タイプライターの欠陥だったのか、ロランには皆目わからなかった。正直に言えば、この不幸なできごとは私にはおよそ想像できなかった。まだ電動タイプを使ったことはなかったが、それがたいしてむずかしい操作だとは思えなかったし、しかもロランはピアニストとして鍛錬を重ねていて、指使いの柔軟さは申し分なかったはずだ。ロランと彼のタイプライターとの相性の悪さは、いずれにしても、私にはいまだに小

45 『第二の手、または引用の作業』（一九七九／今井勉訳、水声社、二〇一〇）。

さな謎である。

とにかく、ロランはまもなく私に、彼の家に来て、手に負えない例のタイプライターを厄介払いしてくれないかと申し出てくれた。私ならその気性の荒いタイプライターをもっと上手に使いこなせるだろうと期待してのことだった。翌日、セルヴァンドーニ街にはじめて行き、七階まで階段を昇って屋根裏部屋のロランを訪ね、ヴィダル・レコード店で買ったグレン・グールドのレコードを贈った（当時売り出されたばかりの『平均律クラヴィーア曲集』だったと思う、すでに自分用のものを別に買ってあった）。彼の手に余るというタイプライターは、交換用リボンとともに、テーブルの上におとなしく鎮座していた。金属製の、堅固で長持ちしそうな、書斎用の大型オリヴェッティだった。重すぎるので、私の家まで持ち帰るのにタクシーを呼んだ。そのオリヴェッティを、ロランは私にはっきりと譲ってくれたわけではなかった。彼としては、わが家でも同じように慎みがなく、行儀が悪ければ、返却してくれればよい、というくらいのつもりだった。それでも、そのタイプライターは彼をすでに裏切っていたので、彼には大した愛着はなかった。一、二年前から、この怪物は彼にとってお荷物だった。さて私にしてみれば、生まれてこの方、これほど貴重な贈り物をもらったことはなかった。ティエール財団に入館し、書くことを学ぶため、研究生活を試してみるための自由な三年間が眼前に開けていた。ロランは私の出発を手助けしてくれたのだ。少なくとも私は、限りなくプレゼントに近いこの委託を、そのように受け止めた。ロランは、強情で不必要な物を厄介払いしたわけではなかった。そのオリヴェッティを手なずけて、彼の鷹揚さにふさわしい書き物をそのタイプライターに吐き出させよと、私に命じていたのだ。

このタイプライターは私にとって、測りしれない象徴的意味を持った。私にとってそれは魂を持ち、カラヴァッジョの絵の最初のヴァージョンで聖マタイを導く天使のように、私の手を取って導いてくれた。ちなみに、そのカラヴァッジョの絵を、ローマのサン・ルイジ・デイ・フランチェージ（サン・ルイ・デ・フランセ）教会の司祭たちは、福音書作者の霊感を画家があまりに卑俗な形で表象しているという理由で拒否したのだった。当時、もしオリヴェッティ家とギンズブルグ家というトリノの二つのすばらしいユダヤ系家族の間に親密なつながりがあることを知っていたら、なおいっそうこのタイプライターに愛着を抱いたことだろう。だが私がそれを知ったのはずっとあと、ナタリア・ギンズブルグの美しい回想録『ある家族の会話』[46]においてであった。そのなかで彼女は、姉のパオラと、オリヴェッティの創業者の息子のアドリアーノとの結婚について語っている。アドリアーノは、オリヴェッティを近代的で社会的に重要な大企業に仕立て上げた人物である。当時の私と同様にロランも、ギンズブルグ家とオリヴェッティ家の面々が一九

46　ナタリア・ギンズブルグ（一九一六―九一）はシチリア島パレルモ生まれのイタリアの作家。夫は反ファシズム運動の出版人レオーネ・ギンズブルグ、長男カルロは著名な歴史家。自伝的小説『ある家族の会話』の原著 *Lessico famigliare* は一九六三年刊、仏語版 *Les Mots de la tribu* はグラッセ書店より六六年（新装版二〇〇八年）刊、邦訳（須賀敦子訳、白水社）は八五年（新装版九七年）刊。該当箇所は邦訳新装版八七―九一頁。

二〇年代初頭のイタリアでプルーストの最初の熱狂的読者であったことを、おそらく知らなかった。彼のオリヴェッティの電動タイプは、いわばプルースト的タイプライターであるが、一九五〇年代に食卓を囲んで宿題をしていたわれわれのかたわらにあって体を温めてくれたサラマンダーストーブ、後年ミシェル・レリスの『成熟の年齢』で言及されているのを見つけることになる[47]あの器械と同じほど、豊かな記憶を担っており、約十二年にわたって、けっして私を裏切ることなく、指と目に素直に反応して、キーに触れると機関銃のように動きはじめたりすることもなく、忠実に奉仕してくれた。十二年間で故障したのはただ一度、リボンが詰まって動かなくなったときだけだった。私が指を突っ込んで回してやらねばならなかったが、何ということはない、歯車装置に少し埃が溜まっていただけで、まもなく正常に戻った。私はあのタイプライターで、ニューヨークに赴任するまで[48]三、四冊、いや五冊の本の原稿を打った。それは昼夜を分かたぬ伴侶となったのだ。ニューヨークに発つときにはロランは死んでいた。タイプ用の狭い机の下に両脚を窮屈にそろえてオリヴェッティの前に座るたびに、自分がロランに負っているものを、ロランに対する義務を思った。あのタイプライターは私の負債を具現していた。だがその負債は、はるかに大きく、捉えがたいものだった。

しかしながら、われわれはワープロの時代に入っていた。私はニューヨークからポータブルのワープロを携えて戻った。最初期の機種の一つで、緑色の小さな画面上に目を痛めるようなぼけた文字が浮かんで、まだ使い勝手が悪かった。オリヴェッティの電動タイプは女中部屋に持って上がった。そこでカバーに覆われて何年も眠りつづけた。その屋根裏部屋を明け渡さなければならなくなったとき、ロランのタイプライターをどうすべきか、しばらく迷った。私にとってそれはつねにロランのオリヴェッティだったから。それは彼のものだった。今度は私が本を書くように、と委ねてくれたのだ。私を信頼し、それを有益に利用できるだろうと、少なくとも彼よりもうまく手なずけられるだろうと判断したから、託してくれたのだ。大げさな考えなのはわかっている、あのタイプライターは彼を困惑させていたのだから。それにもかかわらず、身体の延長となる義手か義足のように私にはとても役立ってくれたので、自然がどこで終わり文化がどこから始まるのかわからないくらいだ。ものを書くのに、ロランは電動の機器にどうしてもなじめなかった。そして今や、デジタル時代に移った。彼はハイパーテキストを、巨大な整理カードのシステムのようなものとして予言していた。ちょうど、コンピューター黎明期の発明家たちが、それを事務機器のように構想したのに似ている。一日か二日逡巡したあと、タイプライターを街路に出し、ゴミとして捨てた。悔恨に捉えられ、一時間か二時間後にもう一度表に出てみたが、すで

47 蒸気を出す二本の細長い水槽を備え、石炭を燃料とするストーブで、暖炉のなかに置く。「共和国」等を象徴する女神像が中央部にあしらわれ、商標名の「ラディユーズ」(輝かしい女)を正当化するデザインになっていた。ミシェル・レリス『成熟の年齢』(一九三九、一九七三/松崎芳隆訳、現代思潮社、一九六九、一九九六)。該当箇所は邦訳(六九年版)、九一—九二頁。

48 コンパニョンがニューヨークのコロンビア大学教授に就任したのは一九八五年で、現在も在職している。

に持ち去られていた。屑屋がその価値も知らずに失敬してしまったのだろう。私は気分がふさいだ。しかしあのタイプライターには象徴的価値以外のものはなかった。象徴は私のなかで生きつづけるだろう。それに、物にこだわるのはばかげている。

数ヵ月後、現代作家のアーカイヴを集めている「現代出版資料研究所」(IMEC)が、ロランの草稿類が異父弟のミシェルから寄贈された際に開催した小さな式典に出かけた。陳列ケースに展示された資料をいくつか眺めているうちに、ある草稿を前にして、不意に体がこわばるような衝撃を受けた。何かの間違いで私の書いたものが紛れ込んだみたいで、あたかも自分の分身に出会ったか、自分の影をなくしたような感覚だった。それはロランが、彼のオリヴェッティで打った数少ない論文の一つだった。私はもうそのオリヴェッティを所有しておらず、何年も前から使ったことがなかった。それでも、自分が文書を作成していたときにそれが打ち出していた活字を、依然同定できたのだ。今日ではだれでも、クーリエやタイムズの書体で作成したテクストを、カンブリアの書体で読ませることができる。今の印刷機の活字は互換的で匿名的になった。しかし、かつて使ったタイプライターは、どれも似通った、小球付きのIBM製のタイプライターだけは別にして、鉛筆か万年筆のように手の延長となった。タイプライターの書体は、手書き文書に劣らず個性的で、キーを押すと紙葉を打つために身を起こす活字棒がまるで指の先にあるかのように、われわれの身体からほとばしり出た。まるでそれを書いたのが自分であるかのように、ロランの草稿を前にしていた。その私が、彼のタイプライターを、かつて自分がもらったなかで最もすばらしい贈り物を捨ててしまっていた。ロラン自身、セルヴァンドーニ街のアパルトマンのバルコニーから「あばら骨」[49]を投げ捨てなかっただろうか？ 少なくとも私は、オリヴェッティのタイプライターを窓から放り投げはしなかった。そんなことをしたら、通行人を殺しかねなかった。

譲ってもらったタイプライターを使って概略を書き上げていた博士論文の序章を、その冬の間にロランに見せた。これに関しても、その間の事情を覚えていない。いつ、なぜ、どんなふうにして、自分が執筆した頁を彼に託したのか、彼のほうから読みたいと言ってくれたのか、それが思い出せない。おそらく後者だ。読んでくれという依頼に付きまとわれるのを彼があれほど嘆いていたのに、私のほうから自分の書いたものを読ませるふるまいをしたとは思えないからだ。この挿話の記憶も消えている。しかし、今やざっと通読したロランの手紙中の一通に、カフェ「フロール」で――そう書いてある――、ある日、おそらくはプレタポルテのサロン（今ならファッション・ウィークと言うだろう）の機会に集結したのだろう、ふだん見かけない大勢の客がざわつ

49　バルトは、一九四五年に肺結核の治療の一環として気胸療法を受けたとき、肋骨の一部を切除された。以来ガーゼに包んで机の抽斗にしまってあったその骨片を、あるとき処分する必要を感じたものの、ごみ箱に捨てるのもはばかられ、自宅の窓から投げ捨てたという。『彼自身によるロラン・バルト』で語られているこの逸話を踏まえる（同書邦訳八一―八二頁）。

くなかで、私の序章を読んだと語っている。私がオリヴェッティのタイプで打った原稿を見たとき、ロランは、現代出版資料研究所で私が受けたのと同じ衝撃を味わっただろうか？　彼はあのタイプライターに私ほど慣れ親しまなかったが（ロランが例のタイプライターと格闘していた数ヵ月の間に撮られた一枚の写真がつい最近偶然に目に留まったが、そこでのロランは、書斎で、われらがタイプライターのそばに座っている）、匠が弟子に道具を貸し与えるように彼がこれから歩み出そうとする私に託したタイプライターから私の序章が生まれ出たことを知って、彼もまた軽い動揺を覚えたものと思いたい。

してみるとロランは、次の待ち合わせの日まで待たないで、私の序章を通読してまもなくペンを執ったのだ。いま読み返してみて、彼の手紙はあまりに文句なしに熱烈で、過度に誉めそやしているので、とっさの反応として、彼の誠実さを疑ったほどだった。当時の私はおそらく、彼の反応を私への情愛に結びついたある種の盲目性のせいとみなしただろう。そのため、それを真に受けず、考慮に入れることもしなかった。おそらくはそのために、私の記憶からすっかり抜け落ちているのだろう。この手紙は自分を喜ばせただろうか？　いっときよい気分になったかもしれない。根気よく続けるよう励ましてくれただろうか。そうかもしれない。だが、私は自分の能力に強い不信を抱いていたので、この手紙の効果が長く続くことはありえなかった。まるではじめて読むようにこうした讃辞を再発見して、私はもうそれを拒まない、否認しない。それは埋もれていた、お互いを確認し合う目印のように、一瞬私を微笑ませる。しかし私は、他の古い手紙類とともに、すぐまたそれをしまいなおす。ロランから学んだ教訓の第一は、自慢話をしないことだからだ。

翌年スリジー・ラ・サルで開かれることになっていた研究集会（コロック）の企画責任者になってもらえないかとロランから頼まれたのは、間違いなく、以上のエピソードの直後のことだった。彼はこのように事情を説明した――「かなり前から、私の著作をめぐる研究集会を、私の立会いのもとに開催することを承諾してほしいという依頼を受けている。君が運営責任者を引き受けてくれることが条件だということにしている」。その任務が想定させるもろもろの責任を、とっさには理解できなかった。それにとりわけ、あれこれの支障を思った。行政、経理、書類といったものをひどく恐れるロランも、そうした支障はたしかにあると強調した。「いろいろな人と接触し、手紙を何通も書き、大勢の人に電話をかけなければならないだろう。招聘者リストはわれわれ二人で作ればよいが、事務局の責任は君に担ってもらう」というのが、ロランの考えだった。不安でいっぱいになった。戦略的にも外交的にもその種の経験がなかったからだ。それに、持てる時間のすべてを博士論文に充（あ）てたかった。

それでもノーとは言えずに彼の意向に屈し、喜びなどなしに、まして感謝の念などさらさらなしに、彼の提案を受け容れた。私は二十五で、自分が他人に嫉妬を催させているとは思いも寄らなかった。それは、かなり素っ気ない拒否に何度もぶつかるうちに徐々に明瞭になった。しかしその確信を得たのは、今からほんの二年前、あの催しから三十五年経ち、別の研究集会を主宰するためにスリジーにふたたび赴いたときだった。今度の研究集会はプルーストに関するもので、『スワン家のほうへ』の刊行百年記念の催しだった。城館の階段には過去の研究集会の写真が展示されていた。今ではこの城館の所有者になっているエディット・ウルゴン（かつて彼女の母親のアンヌ・ウルゴン゠デジャルダンは、モーリス・ド・ガンディヤック〔一九〇六―二〇〇六、哲学者〕と並んで最前列に陣取り、ロランに関する研究集会を最初から最後まで聴いていたが、同じ夏の間に亡くなった）は、それらの写真の一枚を指し示したが、私にはそこに写っているのが自分だとわからなかった。しかし、襟が広すぎる窮屈なジャケットを着込み（おそらくラッパズボンを履いているのだが、写真は体のまん中で切れている）、託された任務を果たす用意のまるでできていないあの青年は、紛れもなく私だ。当時パリ交通公社（RATP）の技師として働きながら研究集会の実際的な段取りを管轄していたエディットとは、まだ国立土木学校を出て間もない私は大いに相通じるところがあったと思うが、その彼女が、かつて私ほど年齢の若い企画責任者はいなかった、と指摘した。そのように指摘するときの声音から、彼女が留保の気持ちを変えておらず、今なお、当時の私ほど新米で不向きな責任者を選んだのはまずかったと判断していることを見てとった。

そこまでは、彼女の意見そのものは私にはどうでもよく、それを記憶に留めることで満足だった。しかし彼女はこう付け加えた、というか、ほのめかした――スリジー文化センターの責任者たちが適任と思われる他の候補者を何人かロランに提案したが、本人は受け容れなかった、と。

私はその点に思いを致すべきだった、それはたちまち、自明の事実のように私を打ちのめした。スリジーのオファーには一人の企画責任者の名前が添えられていたが、その人物こそは計画の発案者で、ウルゴン一家に話を持ちかけ、自分を売り込み、退けられた人物だ。まもなく複数の名前が頭に浮かんだ。ロランは私を受け容れさせるために彼らを拒否した。この知らない男はいったいだれだ？　彼の秘書か？　秘蔵っ子か？　お気に入りか？――皆が訝った。私はそのどれでもなく、なぜロランが自分を研究集会の企画責任者に任じたのかわからなかった。もっと経験があってその役目を担いたがっている人々よりもこの私を好んだ、彼としては、あれこれうるさすぎる候補者を避けたかった。私は欠陥によって企画責任者となったが、その結果、味方ばかりを作ったわけではなかった。

ロランの手紙のなかの一連の短信がこの研究集会の調整に関するもので、招聘すべき名前、抹消すべき名前、連絡のためのアドレスが書いてある。エディットの言うとおりだ、駆け出しの私には十分な資格がなかった。生易しくはない任務を遂行するのに、私は権威を欠いていた。ロランの盟友たちのうち、中間世代はほとんどだれも来なかった。いくつかの理由が推し量られた。例の自伝以来、彼の仕事が示してきた内密（アンティミスト）な方向への転換が、自己満足的と受け取られたのか。その年驚くべき売れ行きを見せた恋愛のディスクールの形姿（フィギュール）をめぐる疑念があったのか（よく売れるのはろくでもない印だ、というのが前衛の伝統的な考え方である）。ロランを取り巻いているいささかヒステリックな若者たちが、フォルマリスムの時代の彼の仕事にほとんど注目しないことへの苛立ちか。その結果、構造主義とテクスト主義[50]の信奉者たち、『テル・ケル』誌、『ポエティーク』[51]誌の一派は、辞退するか、わざわざ足を運ばずに済ませるための口実を見つけた（初期のセミナーの生徒であったジェラール・ジュネットとルイ＝ジャン・カルヴェ[52]が、間際になって、体調を崩したという理由で不参加を申し出たことを、ロランの手紙の一通で知った）。研究集会は、好むと好まざるとにかかわらず中間世代を抜かしたので、ロランの軌跡をよく表すものではなくなった。軌跡を示すことこそまさしく彼が望んだことではなかったか。われわれがいっしょに練り上げたプログラム、中間世代よりも古い一九五〇年代の協力者と、今や相当な数になった最も新しい賛美者を結集させたプログラムについて、彼がどんなにささいなことであれ、批判めいた言葉を口にしたという覚えがない。事実、招聘者リストは、形式上の企画責任者である私よりもロランに負うものがはるかに大きい。私のアドレス帳には大した中身がなかったから。

このイベントの目玉は、日曜朝の歌ミサが執り行なわれる時間帯に設定された、ロランとアラン・ロブ＝グリエの対話だった。城館の広間は、研究集会に正式に登録しておらず参加費も払っていない聴講者たちに侵入され、アルトーやバタイユの名のもとに開かれた集会でさえもっと規律ある運営が図られたのを見慣れている文化センター事務局は、何か突発事故が起こることを恐れ、私への不満を表明した。私にはどうしようもなかった。六月の、すでに夏を思わせる、じつにすばらしい一日だった。窓はテラスに向けて開け放たれていた。窓枠には、ベルクソンの講義風景を撮った有名な写真のなかの、コレージュ・ド・フランスの窓に群がる美しい御婦人方を思わせなくもないもぐりの若い男女が、押し合い圧し合いしていた。彼らは城館周辺、いや広い庭園にもひそかに野営した連中で、なかにはまだ高校生とおぼしい者もいた。

スリジーはわが家同然で、隣人としてやって来たロブ＝グリエは、ウエイヴのかかった髪に頬ひげを切りそろえ、絶好調だった。ロランのほうはあまり調子がよくなく、かつてないほど不幸に見えた。そこで何をすればよいのか、それらの対話に参加することをなぜ承諾したのかと自問し、私自身も彼をそうした企画に引き入れたことに少々罪悪感を覚えた。じつを言うと、ロランは冬の間ずっと、私が辞任を申し出るのではないかと懸念していた。手紙のやり取りを怠り、自分の義務を果たさなかったからだ。彼の手紙のなかに、かつてパリの地下をめぐっては勤勉な配達人によって届けられた気送郵便が一通ある。その日付はジュリエットの死んだ日だ。おそらくは電話でロランに教えたのだろう。ロランは同情してくれたが、私が彼を見放すのではないかと懸念しており、勝負を投げないようにと鼓舞してくれた。否応なしに、われわれはすでに船出していた。ロランはその週ずっと母親のことで心を痛めていた。その夏が彼女には最後の夏になる

50　テクスト主義（« textualité » または « textualisme »）とは、構造主義に特徴的な、作者の意図や現実への準拠（レフェランス）とは無関係にテクストを読むべきだとする主張または幻想。

51　ジェラール・ジュネット（一九三〇―　）とツヴェタン・トドロフ（一九三九―　）によって一九七〇年に創刊され、スイユ社から刊行されている文学理論とテクスト分析の季刊誌。

52　ルイ＝ジャン・カルヴェ（一九四二―　）は言語学者で、バルトの最初の伝記の著者。『ロラン・バルト伝』（一九九〇／花輪光訳、みすず書房、一九九三）。

はずだった。母親から遠く離れていることを悔やみ、頻繁に電話をかけていた。アラン［・ロブ＝グリエ］は、饒舌とからかいとで、たちまちロランを苛立たせた。私自身、この対論を取り仕切る立場とみなされていたものの、すでに長丁場の数日を過ごしたこともあって、力量に欠け、自分の手に余ると感じていた。のちにロブ＝グリエを理工科学校とコロンビア大学に招いたときに、彼のことをもっとよく知ることになった。何年も経っていたが、彼はまったく同じおしゃべり、型どおりのおしゃべりをし、同じ機知で聴衆を笑わせた。いくつかの慣れた得意芸があって、バルザックを朗読し、彼に言わせるとプルーストをよく理解していない、いや読んですらいないために新小説（ヌーヴォー・ロマン）のことなど皆目わからない批評家をこき下ろした。私は彼の挑戦的言辞を味わうすべを学んだが、あの日スリジーでの彼は耐えがたいと思った。聴く耳を持たない者同士の対論を終えたとき、ロランはひどく不機嫌だった。

　ところで、このトップ対談には後日談があった。その朝、クリスティアン・ブルゴワ[53]が会場に来ていた（半開きの扉から垣間見える砂利に反射する日差しが生む薄明りのなか、ホール奥の書棚を背景に立った、灰色で半透明のシルエットが目に浮かぶ）。彼はわれわれの集会の論集を出版することになっていて、私が取りまとめ、秋には彼に届ける予定だった。ところが彼は、正月向けにその先駆けを提供することを思いつき、印刷したのがロブ＝グリエの発言を集めた美しい小冊子だった。ロランとの対話が予定されていたが彼の独壇場になってしまったからである。それはクリスティアン・ブルゴワがお年玉用に配布した瀟洒な贈り物だったが、ロランには、あまり愉快ではなかった一日を思い出させるので、もらわずに済ませたいプレゼントだった。このエピソード以後、私はクリスティアン・ブルゴワから距離を取ったが、この件で彼がわれわれに相談することはなかったと思う。おまけに、ロブ゠グリエのロランへの愛着をこうした形で広告したことは、フィリップ・ソレルスをたいそう怒らせ、ソレルスは償いを要求した。ソレルスはスリジーをすっぽかしていた。ロランに関するある本に、それが私の過失だったと書いてあるのを読んだ。ソレルスを招聘する際に十分懇願しなかった、研究集会の成功には彼の参加がどうしても必要だと断言しなかったというのだ。そうかもしれない、何しろその本の著者は当のソレルスからこうした説明を得たというのだから。しかし私には何の覚えもないことだ。いずれにしても、ロランはソレルスをなだめるために（それに、当時ソレルスはスイユ社でむずかしい立場にあった）、この『テル・ケル』誌主宰者をめぐる何本かの時評を小冊子にまとめることに同意した。[54] ロランはノーと言えなかった。それもまた、私が彼から学んだ教訓だ。私自身、スリジーを去るときには疲労困憊していた。三十五年後、城館の階段の前でエディットが私に、当時の私はあの

53　クリスティアン・ブルゴワ（一九三三―二〇〇七）。フランスの出版人。ジュリアール、グラッセ両書店に勤めたあと、六六年、シテ出版社の庇護下に自らの名を冠する出版社を創立、九二年に独立した。ボルヘス、ガルシア゠マルケス、バローズ、モリソン、ユンガーといった重要な海外文学の翻訳を出版、またシテ出版社の10／18叢書の責任者として、ロブ゠グリエやヴィアンらをプロモートするとともに、ヌーヴォーロマンの紹介に貢献した。ここで話題になっているバルト研究集会の論集も、七八年、この叢書の一環として刊行された。

54　『作家ソレルス』（一九七九／岩崎力・二宮正之訳、みすず書房、一九八六）。

任に堪えなかったことをほのめかしたとき、彼女の診断に異を唱える気にはならなかった。

フィリップ・ミュレー[55]の日記を走り読みしていると、ソレルスがロランの死を小説に転置した『女たち』を読んだあとに記された、このような文が目に留まる――「私はソレルスの愚劣さ（横柄な愚かさ）にひどく敏感になり始めた」。ミュレーは、作家、なかでも小説家が愚かであり、彼らにあっては天才と愚かさが共存することを発見しつつあると見える。ついで彼は、「ばかげた十九世紀」糾弾の専門家として、いくぶん慎みを欠きながら、「ユゴーの愚かさを前にしたボードレール……」のことを思い出し、同時に二人の関係の両義性、つまり「ユゴーの天才へのボードレールの称賛をも（そして二つの面を同時に）」喚起する。およそ作家の名に値する作家なら、多少の愚劣さを、慎みを凌駕するだけの、出版する行為にまつわる羞恥をものともせずにいられるだけの愚かさを持たない者はいない、というのだ。「天才はつねに愚かである」と、ボードレールはユゴーについて語った。[56]ただし詩人のユゴーではなく、人間ユゴー、思想家ユゴーについて。ロブ＝グリエは、まるで自宅の風呂にでも入るかのようにくつろいで、階段教室で『ゴリオ爺さん』の第一頁を朗読するとき、ばかげたふるまいをしていた。ボードレールはユゴーの愚劣さ加減にひどく苛立った――「あいつにはうんざりだ」と友人のプーレ＝マラシに打ち明けている。あとで思い直し、自分の罵詈雑言を抹消し、目の詰んだ縦横の線で下品な語を読めなくしている。なぜなら、彼はそれでもユゴーに称賛の念を抱いていたからだ。ユゴーの軽微な愚かさこそが、彼を大作家にし、その脆さをさらしつつ彼をいっそう魅力的にしている。それがなければ、あの横柄さは耐えがたいだろう。

ではロランは？　それはこれまで考えたことがない。彼にはいろいろな小説を思い描く愚かさの種子が欠けていた。「バルザックにはある種の愚かさがある」と彼は言った。食事の終わりにおどけた話をしてみせるなど、彼の習慣にはなかった。いま思い浮かぶ、彼の著作中の言葉で最も逸話めいているのは、列車のなかである御婦人が洩らしたひと言である――「私の息子は、理工科学校に入学してから煙草はやめました」。ところがこの実例は、ロランにとっては、話というものは字義どおりにはおもしろくないが、重要なのは暗黙の含みだけであることの例証として役立つにすぎない。ロランは、大革命後、サン・フェリックス・ド・カラマン[57]の土地を離れた最初の先祖が、ナポレオン軍に従軍する以前に、新たに創設された理工科学校に入学を認められて

55　フィリップ・ミュレー（一九四五―二〇〇六）『ウルチマ・ネカット――内面の日記一九七八―八五』、『同一九八六―八八』（レ・ベル・レットル社、二〇一五、本邦未訳）。

56　ボードレールが一八六〇年一月八日付である人物に宛てた手紙（受取人名は記されていない）が二〇一四年六月にニューヨークで競売にかけられた。そのなかに読まれる標語――「V・ユゴーは相変わらず愚かな手紙を送りつけてきます。［……］あまりに嫌気がさすので、一つエッセイを書いて、ある運命的な掟により天才はつねに愚劣であることを、証明したくなるほどです」。

57　南仏トゥールーズの南東約三十キロに位置する小村。従来サン・フェリックスまたはサン・フェリックス・ド・カラマンと呼ばれたが、一九二一年にサン・フェリックス・ド・ロラゲと改名された。

いたという事実を知らなかった。愚かさは、牡牛の額をした愚かさ[58]は、彼の得意とするところではなかった。[59]彼に相応しい語が他にあるだろう、たとえば鈍重さ、あるいはぎこちなさ。ロランは自分の言動には注意を払っていたから。

私はときに、ロランの愚鈍さを感じただろうか？　ただし、人を不快にはせず、逆に、不器用な子供がこちらに抱かせるような優しさを惹起する愚かさを？　たとえば、夕食中にメモ帳を取り出すときがそうだった。私の考えでは、重要なことは何度も頭に浮かぶはずで、空中を飛んでいるそいつを捕まえて蝶々のようにピンで留めなければならないほど儚(はかな)いものではなかった。そうしたアイデアはすぐに消え去るものというロランの信仰は、ジャージー島に流謫の身であったユゴーが実践したというコックリ(テーブル・ターニング)[60]さんと同じほど迷信的だと思われた。彼のそんな点は、ある種の子供っぽさとして喜んで大目に見よう。

その春には（彼が私の序章を読み、研究集会の主宰を依頼した年である）、われわれはときどきオペラに出かけた。ロルフ・リーバーマン[61]を音楽監督とする最も充実した時期のガルニエ宮旧パリ・オペラ座で観た『ラインの黄金』を覚えている。それより数年前、オペラに夢中になった（当時の流行で、私だけではなかった）。恋人のジュリエットに導かれて兵役の休暇中に観た最初のオペラが『イル・トロヴァトーレ』だった。彼女の家で、車のなかで、がんがんするほど音量を上げてヴェルディに聴き入った。あるいは、酩酊するほど『トスカ』に聴き入った。それからアンドレとともに定期会員になった。彼も熱烈なファンだったが、私ほど熱に浮かされてはおらず、私より通暁していた。ロランは過度にオペラを好まなかった。若いときに自らも歌ったフランス歌曲とは違い、彼がオペラを享受したかどうかも定かではない。若いころの歌の経験は、彼の判断を不公平にしていた。ジェラール・スゼーにはあのような反感を買ういわれはなかったが、これ見よがしで誇張的な「ブルジョワの声楽芸術」という口実のもとに『現代社会の神話』のなかで彼に向けてロランが放った矢[62]により、とりわけロラン自身の師シャルル・パンゼラへの忠誠によって、気の毒なスゼーは傷つけられていた。ロランはどこかでヴェルディの反モダン風警句を賛意とともに引いている。「過去のほうを向いてみよう、それは進歩になるだろう」しかし、

58 「牡牛の額をした〈愚かさ〉」はボードレールの詩「真夜中の反省」(『悪の花』第三版、一八六八)の第二十句。「愚かさ」の語は、大文字書きでアレゴリー化(擬人化)されている。

59 ヴァレリー『テスト氏』冒頭第一文を踏まえる。

60 一八五二年八月、ナポレオン三世の迫害を逃れるため、家族とともにジャージー島に移り住んだユゴーは、溺死した娘レオポルディーヌの魂のほか、過去の名だたる文人の魂を呼び出して対話する心霊術的実践を、二年にわたって日常的に試みていたことが訪問客によって報告されている。

61 ロルフ・リーバーマン(一九一〇—九九)はスイスの作曲家・指揮者で、一九五九—七三年にハンブルク国立歌劇場の音楽監督を務めたあと、七三—八〇年にパリ・オペラ座の音楽監督を務め、内外の気鋭の演出家、名だたる指揮者やトップ歌手を招くとともに、ローラン・プティやモーリス・ベジャールらの現代創作バレエにも門戸を開くなど、オペラ座に活況をもたらした。その後八五—八八年、ハンブルク国立歌劇場の音楽監督に復帰した。

ベルカントは彼の好みではなく、オペラではワーグナーだけが許容できた。続いて、『ワルキューレ』の上演があった。その長い幕間に、広場を横切って「カフェ・ド・ラ・ペ」で食事をした。しかしパリでの四部作上演はそこで中断した。経済的な理由からだと思う。それでも、その続きがありえた。オペラ広場のカフェのテラスにいたときのことと思われるが、ロランがバイロイトにいっしょに行かないかと誘ってくれたからだ。ロランは『指輪』百年記念祭への招待を受けていた。パトリス・シェロー演出、ピエール・ブーレーズ指揮の上演は、数ヵ月も前からすでに論争の種になり、忘れがたいものになること請け合いだった。当然私は大いに気をそそられたが、愚かなことに、遠慮から、うわべだけの恥じらいから断った。それ以後、バイロイトのフェスティヴァルを観劇したことはない。

かの地からロランは陰鬱な手紙を書いてきた。私のためらいがよくわかると言い、重苦しい雰囲気を、「あの種の、少なくともぼくにはナチズムの臭いふんぷんたるドイツの本質」を嘆いていた。それでも、二週間ほど前にわれわれが観に行った見世物にさりげなく言及しながら、闘牛と比較することでフェスティヴァルそのものは断罪しなかった（われわれが観た闘牛、あれは夢に見たのではなかったか。だがロランが比較しているくらいだから、私の思い出は重みをもつ）。私が引き受けたスリジーは隷従だった。しかしバイロイトは、たとえロランの手紙がそんなふうに描いてはいなくとも、きっと気晴らしになったはずなのに断った。時間をおいて考えると、二つの事例に関して逆の決断をしていたらよかったのにと思う。

強い相互理解で結ばれていたあの時期にはまた、イタリアのエイナウディ社の百科事典の「読書（読むこと）」の項目を共同執筆する話があった。ロランは、当時〈理論〉と呼ばれていた範疇に属するいくつかの用語について一連の解説を書くことを引き受けていた。当初、これらの項目を単独で書くことになっていたのか、共同で執筆することになっていたのか、つまりセミナーの生徒たちに相当な部分を下請けさせ、彼らの書いたものをチェックしたうえで共同署名するという形をとることになっていたのかわからない。この企図が遅延をきたしたために、ロランは否が応でも後者のやり方で行かざるを得なかった。しかも滑り出しが悪かった。トリノに送られた最初の項目が、イタリア人の出版責任者に拒否されたからだ。その事態にかんがみると、その出版社はロランのやり方を予見しておらず、ロラン単独の署名ではない原稿を受け取って驚いたのだと考えざるを得ない。ロランが呼ぶところの「紛糾（ミクマック）」であり、誤解、取り違え、錯綜した状況、込み入った筋立てに他ならず、彼はこうした状況を招来するのがお手のものだった。スリジーは、結局、一個の壮大な紛糾にすぎず、私は窮地を脱することができなかった。バイロイトは

62（75ページ）「ブルジョワの声楽芸術」、『現代社会の神話』（『ロラン・バルト著作集3』）下澤和義訳、みすず書房、二〇〇五、二七九―二八四頁。また、後年のエッセー「声のきめ」（七二）では、フィッシャー゠ディースカウとの対比においてパンゼラを称え、「音楽、声、言語」（七七）でも、今や一般に古めかしいと受け取られているパンゼラの唱法への愛を語る（ともに『第三の意味』沢崎浩平訳、みすず書房、一九八四に収録）。

もう一つの大きな紛糾になったかもしれなかったが、この度は警戒しておそらくは間違いではなかった。

一本の原稿をいっしょに書いて共同署名できるとうれしいのだが、とロランは言った。しかし彼はイタリアの出版人にかなり立腹しており、原稿はあるいは公刊されないかもしれないと警告した。かりにそうなっても、大した問題ではなかった。執筆の約束をした項目は、博士論文のために行なっている研究とテーマが近く、苦もなく書けるものだったからだ。実際、あれほどロランの気に入った博士論文序章に類するものを、一人称で数頁書いた。ただし自伝的な一人称ではなく、現象学的なものという想定ないし虚構に基づく一人称である。引用を論じるために考案された手続きは、読書の議論にも容易に適用できた。読む行為の描写に基づくいわゆる「受容の美学」については、大した知識を持ち合わせていなかったが、そうしたアプローチは時代のはやりであったに違いない。まさにそのやり方で、ナイーヴに、問題に着手したからである。いや、忘れるところだったが、あの数頁を書くのに、じつは私はひどく苦しんだのだった（書かれた状況と永久に切り離せないテクストがある）。苦しんだと言っても、気持ちのうえで、精神的に苦しんだわけではなく、物質的、肉体的に苦しんだのだ。書きながら汗をかき、万年筆を握ることさえ容易ではなく、指の間を文字どおり滑り落ちた。この項目の執筆が、猛暑の到来と、フランスではめったになく、私自身以後一度しか経験のないような酷暑と、偶然に重なったからだ。読書と酷暑は、私の頭のなかでいつまでも韻を踏みつづけている。小さなオリーヴを意味するかのオリヴェッティで（当時「オリヴェット」と呼ばれていたトマトは、今日では「ローマVF」というあまり詩的ではない呼び名になっている）タイプ打ちを終えた原稿をロランに送ると、ロランはそれを申し分ないと判断し、わずかに、かつてモロッコで行なった読書をめぐる講演から発想した――たしかそうだったと思う――数段落を加筆した。これで一件落着なのは疑いなかった。今度は、イタリアの出版社（責任者は歴史家のルッジェーロ・ロマーノであるが）も、まったく異議を唱えなかった。以前怒らせた原稿よりも優れていたわけではなく、ロランが背後に引き連れている無名の連中との共同署名という形でしか彼の署名は得られないというあきらめを持ったからである。じつのところ、私はこの百科事典を一度も引いたことがなく、問題の巻を見たことも、翻訳され、印刷されたわれわれのテクストを読んだこともない。自分の書誌にこの論文を挙げたこともない。もっとも、当時は、他にも身過ぎ世過ぎのために辞書の項目を匿名で執筆することがあり、のちに私の名前入りで再版されたが、それらについても事情は似たり寄ったりである。それらと同じく、読書をめぐるわれわれのテクストは無価値なものではなかった。しかし記憶に留めるべきものでもなかった。「読書」の執筆は悪いふるまいではなかったが、そうかと言って、誇りの持てるふるまいでもなく、あたかも商品をめぐる詐欺行為に加担したような感じがした。

ごく最近、ニューヨークで、親しいローラのほか何人かの友人と夕食をとっていた。ラシーヌが話題になった。ローラは女性の同僚といっしょに、悲劇をめぐる、それもギリシア悲劇とフランス古典悲劇をともに扱うセミナーを主宰していたのだが、どの本を学生に読ませるべきかと私に尋ねた。さしあたりは、ロランの小さな本を推薦するだけでよしとしているという。私は必要以上に激しい反応を示してしまった。しかしその本をよいと思ったことは一度もないのは事実だった。いつ読んでも、間違っていて、およそラシーヌ的ではなく、ひょっとしたら彼のすべての著作のなかでも一番的外れかもしれないと思われた。それは注文に基づく本だった。エイナウディの百科事典の不幸な数項目のように、ロランは注文に基づいて書くことがしばしばあった。注文に応じて書かれたのではない本、または注文によって書かれた論考をまとめたのではない本はまれだった。じつを言うと、注文主から待たれていたわけではない本といえば、恋愛のディスクールの形姿（フィギュール）をめぐる本しか思い浮かばない。写真をめぐる最後の著書も、あれほど内密な本なのに、注文によって書かれた。

注文、契約によって、彼は逆説的な、いや倒錯的ですらある状況に身を置くことになった。かたや、本は見込まれていたので、彼には書きたい気が失せていた。執筆は義務と化し、嫌々やらされる仕事にも等しくなった。彼はそれを嘆いていた。しかし他方では、注文とはいえ本を書く手段、注文をいわば脇道に逸らせる手段を見つけなければならず、それは刺激的な挑発となった。例の小さな自伝は、その枠組みである「永遠の作家」叢書のしきたりを崩しているし、写真をめぐる本も、その根拠である母親の写真を示すことなく個人的物語のほうへと旋回しながら、写真本というジャンルを嘲弄している。依頼によらないロランの本は、没後の刊行である。彼としては発表しないことに決めていたモロッコをめぐる断章や、彼の最後の計画である『新たな生（ヴィタ・ノーヴァ）』のような現実離れした著書数冊がそうである。『新たな生』に関しては、われわれに遺されたいくつかのプランとおびただしいカードが、それに未知の傑作の様相をまとわせている。

恋愛のディスクールをめぐる著作は、まさしく例外だ。それは注文によるものでも、没後刊行でも、架空の話でもない。こうした特異性からして、彼にとってこのうえなく重要な本ということになるだろうか？　どうしても書かずにいられなかった本、恋が降ってくるように彼の上に舞い降りてきた本だろうか？　彼に必要だった本、どの本よりも必要だった、あるいは唯一必要だった本だろうか？　おそらくそうではあるまい。すでに述べたように、注文本もその趣旨を歪めることは可能だからである。異国趣味と些末な要素を混淆した日本に関する本[63]も、その実例である。それにしても、恋愛のディスクールの形姿（フィギュール）をめぐる本が、他に類を見ない一冊であることに変わりはない。私が間近からたどったのは、この本が創られていくプロセスである。それを準備したセミナーに参加し、やがて本を執筆しながら進捗ぶりを話してくれるロランのかたわらにいた。

ラシーヌ論はと言うと、一九五〇年代に存在した名著クラブの一つから、新しい消費社会の書

63 『記号の国』（一九七三／石川美子訳、『ロラン・バルト著作集7』、みすず書房、二〇〇四年）。

棚を飾るべく注文されたものだった。ロランはそこで水増しを行なっている。悲劇に添えられた序文は、作品を次々に陳腐なものと化していく。まるで三面記事に載る事件のように、序文は芝居の筋を語り、敷衍する。そして悲劇的なものをそっくり排除する。ティチュスはもはやベレニスを愛しておらず、ただ単に、かつての愛人を厄介払いしようとしている。そしてローマが都合のよい口実にされる、というのがロランの解釈だ。では、隠れた神はどこにいるのか？　恩寵が欠けるのはどこなのか？　フランスでも米国でも、私はしばしばラシーヌを教えた。学生たちはもっぱら、悲劇的なものを知らずにいることしか望んでいなかった。崇高さをまというる悲劇的なものなど、彼らには無縁だったからだ。そしてロランの序文は、そうした彼らの意向を手助けしていた。魅了された彼らは罠に落ちるのだった。私は学生たちに用心するよう説いた。悲劇的なものの意味を再発見するために、ロランの解毒剤としてティエリー・モニエ[64]を読ませた。

ラシーヌ作品全体を対象とする第一部は、ラシーヌ劇の総体を小さな定式に還元する等式に依拠し、この劇の原初的野蛮を強調するのだが、ラシーヌをヴェルサイユ風の劇作術に還元してしまったロマン主義時代が優に百年続いたあと、十九世紀から二十世紀への移行期の著名な批評家たちがすでにラシーヌの暴力性を再発見していたのだから、いかにも無用な手続きを行なっていると私には見えた。スタンダールに倣って、人々は長きにわたってラシーヌを貶（けな）してはシェイクスピアを讃えたが、ルメートルやブリュヌティエールとともに事情は一変した。ラシーヌはふたたび獣（けだもの）になったのである。ペギーがラシーヌの残酷やうら若い娘たちの倒錯を力説し、コルネイユの主人公たちの鷹揚な息遣いとラシーヌのヒロインたちの悪しき本能とを比較したとき、その指摘は、「原始遊牧民」をめぐるロランの文化人類学的で精神分析学的な考察よりも、はるかに心を掻き乱し、衝撃的だった。

私はロランがとても好きだったが、彼のラシーヌ論を一度も好ましく思ったことはない。彼にもそれを隠さなかった。ある日、会話のなかで、いま書き記した内容をほぼ彼に語った。ロランを知る前にこの著作を読んでいたが、説得されなかった。その後、再読するたびにますます納得できなくなった。それゆえに、一九六〇年代の半ば、まずは新聞［『ル・モンド』紙］で、ついで大当たりとなった小冊子で、[65]このラシーヌ論を糾弾したソルボンヌ教授レーモン・ピカールがこの書物をめぐって火蓋を切った論争に際して、自分ならどちらに肩入れしただろうかと自問してみる必要がある。ラシーヌへの忠誠と悲劇称賛の気持ちからして、ピカールの側に立ったであろうことは十

64　ティエリー・モニエ（一九〇九—八八）は、ジャーナリスト、評論家、劇作家。戦前・戦中は極右王党派ナショナリズムの運動「アクション・フランセーズ」に参加。六四年、アカデミー・フランセーズ会員。『ラシーヌ』（三六）では、運命に翻弄される人間の情念と悲惨を、写実や叙事や教訓とは無関係に描いたものとして、ラシーヌ悲劇の宗教的側面、ジャンセニスム的ペシミズムを強調した。

65　レーモン・ピカール（一九一七—七五）は、ラシーヌ悲劇を専門とするソルボンヌ教授。第一次プレイヤード版『ラシーヌ全集』全二巻（一九五〇）の編纂者。六五年、『新たな批評、あるいは新たな詐術』（*Nouvelle critique ou nouvelle imposture*, J.-J. Pauvert）により、二年前に刊行されたバルトの『ラシーヌ論』（一九六三／渡邉守章訳、みすず書房、二〇〇六）を激しく非難した。バルトは『批評と真実』（一九六六／保苅瑞穂訳、みすず書房、二〇〇六）を書いてこれに反論した。

分に想定できる。したがって、あと数歳年長であったら、ロランの陣営に身を置くことはなかっただろう、彼のラシーヌに腹を立てただろうから。

幸い、私はもう少し若かった。彼の著書で私が最初に知ったのは、ラシーヌ論ではなかった。彼の文学論集のような他の本を読み、それらに魅了された。それで、ラシーヌをめぐる彼の言葉を知ったときにはすでに忠誠心ができており、この本のことは綺麗さっぱりあきらめたのだ。

だれかを愛するには、その著書全部を好きになる必要はない。友人の本の何冊かは好きだけれども他はそうでもない、ということがありえる。ロランがサドについて書いたことも[66]、私はあまり好きではない。ただしそれは、ロランが打ち込んでいた時期にブームになっていたこの作家に、私が夢中になれないせいだ。サドが私を惹きつけないのは、彼の文章の運動も、彼のイメージも、言葉への強い感性を証明するように思えないからだ。私としてはサドの同時代人、ジョゼフ・ド・メーストル[67]のほうがずっと好きだ。サドに劣らず思想的に極端だが、その詩的感覚ははるかにサドを凌駕すると思われる。ボードレールは両者をともに援用した。サドは、生のままの人間、つまりおぞましい人間をめぐる思想ゆえに、ド・メーストルは本質的なもののゆえ、推論の仕方、逆説崇拝、そして文体ゆえに、である。

数年後、『ル・モンド』紙の書評欄の責任者で、私にぜひ協力してもらいたいというジャクリーヌ・ピアティエ女史の面識を得た（彼女の夫は、私が理工科学校に通っていたころにそこで研究指導教授をしていたのだが、その夫から私のことを聞き、会ってみたいと考えたらしい。そこで、サン・ジェルマン大通りを端のほうまで下ったところにある暗くて広々したアパルトマンを訪ねた。客間には吊りランプがあって、まるで帽子がいくつもぶら下がっているようだった）。この件はあまりロランの気に召さなかった。面会のことを話したとき、不満を表明した。彼は、ピカールとの論戦に際して自分を支持しなかった人間全員に、恨みを抱いていた。『ル・モンド』紙はロランを標的とするピカールの最初の攻撃記事を掲載し、決然とそちらの味方をした。この「夕刊紙」はその後、相当な埋め合わせをし、恋愛のディスクールをめぐる一番新しい本を含めて彼の著作のすべてをそのつど紹介してきた。それでも彼は、一九六〇年代半ば、彼が文学的にも社会的にもようやく堅固な地位を得て、ある程度知名度も高まる一方で、彼を貶めようとする人間もいた時期の批判者たちが赦しがたかった。ピアティエ女史も周囲の意見に調子を合わせたのだった。ロランの遺恨は、けっして和らぐことがなかった。

『ル・モンド』書評欄への協力の話は、ロランの非難とは別の理由で頓挫した（私には新聞記事を書く才がなかった）が、彼のラシーヌ論が彼の著書のなかで私の好きなものではないと告げ

66 『サド、フーリエ、ロヨラ』（一九七一／篠田浩一郎訳、みすず書房、一九七五）。

67 ジョゼフ・ド・メーストル（一七五三―一八二一）は、十八世紀にフランスのサヴォワ地方に領土を有し、ナポレオン戦争でこれを失ったサルデーニャ王国の有力貴族の家柄の出身で、フランス国王の臣下でもあった。王党派、反革命家、教皇権至上主義者、反理性・反啓蒙の思想家。コンパニョンの主著『アンチモダン―反近代の精神史』（二〇〇五／松澤和宏監訳、名古屋大学出版会、二〇一二）の原書副題は、「ジョゼフ・ド・メーストルからロラン・バルトまで」である。

ることができたのは、このときだった。わだかまっていた留保を、このように穏やかな形で表現できたことに満足したと思う。後年、ロランが亡くなったあと、ピカール夫人、すなわち故レーモン・ピカールの未亡人と知り合った。マルク・フュマロリ[68]が主宰する、歴史と修辞をめぐるわれわれのセミナーに出席していた、優雅で愛想のよい、魅力的な婦人だった。プレ・オ・クレール街〔パリ七区〕のアパルトマン（国立土木学校のすぐ裏にあって、あまりに若くして逝った私の友人ジョヴァンニの家のすぐそばだ）にわれわれを迎えてくれた。ロランの本がないかと書棚を一瞥した。彼に対する陰謀が企まれた場所に出入りしているような漠たる罪悪感を覚え、ピカール未亡人に論争のころの思い出を尋ねるのを控えた。

まさに今、マルクとの昼食から戻ったところだ。われわれはロランの思い出を長々と語り合った。ロランを話題にしたのはマルクのほうで、それというのも、出たばかりのティフェーヌ・サモワイヨーによるロランの大部な伝記を受け取ったところだったからだ。マルクがロベール・モージ[69]を介して、当時の、つまり論争のころのロランと知り合いであったことは承知していた。マルクは旧修辞学に関するロランのセミナーに出席していた。しかし二人がそれほど頻繁に、一九六〇年代初頭には週に何度も、顔を合わせていたとは知らなかった。マルクは車を持っていて、サン・ジェルマン・デ・プレで夕食を終えた二人を迎えに行き、タクシー運転手さながら、彼らが常連のピガールまで乗せていって下ろすのだった。想像するに、彼らの行きつけの店はクリシー大通りとゲルマ袋小路の角にあった店「夜（ラ・ニュイ）」ではなかったか。このバーは娼家を兼ねており、私も存在は知っていたが入ったことは一度もなく、ずいぶん前に消滅した。

論争の時期、ソルボンヌでピカールの後継者と目されていたマルクは、慎重な態度を保った。ロランとピカールが互いに面識があったことを、マルクは私に喚起した。この点はそれ以前に耳にしていた。戦後ジャン・ポーランを通して小説を一冊出していたピカールは、典型的なソルボンヌの教授ではなかった。マルクは、ロランと頻繁な付き合いがあることをピカールには告げていなかった。マルクが付言するには、ロランは陰気な男だったけれども、名声のおかげで解き放たれていた。一方、ピカールには根本的に意地の悪いところがあり、歴然と歳の離れた妻にひどい扱いをしていたという。ピカールがフレデリック・ドゥロッフルと校訂した『マノン・レスコー』のすばらしいエディションが思い出されるが、そのドゥロッフルは、ロランの死の直後、私が大学に職を得ることを切望していたとき、ひどく冷たかった。ピカールにしても、私に対してドゥロッフルよりも好意的ということはなかったはずだ、私がかつてロランの側近だったから私

68 マルク・フュマロリ（一九三二― ）は、ソルボンヌ教授を経て、一九八五年よりコレージュ・ド・フランスで「ヨーロッパにおけるレトリックと社会（十六―十七世紀）」講座を担当した（時代・講座名は異なるが、コンパニョンはコレージュにおけるフュマロリの後継者と言える）。現代文化の大衆化ないし平等化、アメリカ化と、グロバリゼーションに抗して、フランスの文化伝統の卓越性の擁護と顕揚を一貫して主張している。

69 ロベール・モージ（一九二七―二〇〇六）は、フランス十八世紀文学を専門とするソルボンヌ教授（一九六九―八六）。主著は『十八世紀フランスの文学と思想における幸福の観念』（一九六五、一九九四）。

には投票しない、と書いてきたあの学士院会員と同様に。

かりにロランの著書を対象に、「私の好きなものは……」と「私の好きでないものは……」の遊び[70]をするならば。この気晴らしはどんな結果になるだろうか。すでに言及したように、彼の文学批評、ラ・ロシュフーコー、スタンダール、シャトーブリアン、あるいはロティをめぐる文章が好きだ。それらに付け加えると、図版入りのミシュレの紹介[71]、戦後のプチ・ブルの社会学、さらに後年のものとして、すでに言及したが、『ミシュレ』と同じ叢書に入った彼の自伝。これは彼と知り合って数ヵ月後、セミナーに参加していた時期に出たものだ。あるいは、写真をめぐる最後の本。私はその制作過程に立ち会い、彼が結局そこから快復することのなかったあの事故の数日前に受け取っていた。

その他の本は、これらのように自信を持って評価できない。そもそも処女作がそうである。言語体系と文体の間に置かれたエクリチュールの観念には、どこか人為的でぼやけたものが残る。日本をめぐる彼の記述も、私自身が日本を知る前のほうが高く評価していた。恋愛のディスクールをめぐる本は、去年の秋にはじめて再読したとき、重要な事柄の周囲を、それをあえて名指すことなく回りつづけているように思えた。形姿（フィギュール）の断片化も、当時は、つまりセミナーに参加しながら本が書かれるプロセスに立ち会った時期にはそれに説得されていたが、今では回避の戦術のように見える。しかも、ロランがアルファベットの恣意性の陰に隠蔽していた人物たちがだれかを知っていて、読めばそれとわかった私に、即座に、この本のしかるべき読み方ができただろうか？　真に恋愛を語るには、物語に身を任せ、自分自身の愚かさを引き受ける必要がないだろうか？

こうしてロランの小さな自伝に回帰することになる、私のひいきのあの本に。

彼のサド愛好は本物だったのだろうか、それともサド論を書いたのは流行に乗ってのことだったのか。彼の二つのサド論は、批評というよりも分類学の性格が濃い。構造主義はロランがサドについて、またおそらくはラシーヌについても、そうしたように、感情移入なしで、外側から作品を語ることを可能にしていた。優れたサド研究家の友人が何人もいたのにあまりに早々にサドにけちをつけしまったことに後ろめたさを感じて、『ジュスティーヌ』を再読してみたところだが、やはり評価は変わらなかった。ある日、ジャン・スタロバンスキー〔一九二〇―、ジュネーヴ学派の重要な批評家〕と取りとめない話をしているとき、彼が、サドにはテクスト解説（エクスプリカシオン・ド・テクスト）〔フランスの伝統的国語教育の一形式〕に値する箇所は一頁もないと言うのを耳にした。では、ロランはどう考えていたのか？　テクスト解説は彼の好みに合わなかった。

70　バルト自身が『彼自身によるロラン・バルト』で行なった遊び（邦訳一七八―一七九頁）を踏まえる。

71　『ミシュレ』（一九五四／藤本治訳、みすず書房、一九七四、新装版二〇〇二）

彼はとにかく『ソドムの百二十日』を嫌っていた。少なくともパゾリーニの映画のヴァージョンについてはそうだった。ある日の夕方、エトワール広場から延びる通りの一つ——オッシュ通りか、別の通りだったか——に面した建物一階の小さな私設上映館で、ロランとその映画を観た。革張りの大きな肘掛け椅子に深々と腰を下ろしたわれわれは、退屈にとらえられた。上映が終わるとすぐに抜け出し、その界隈の、サル・プレイエル近くで夕食をとった。パゾリーニが殺害された直後だった。ロランは原稿を一本書く約束をしていた。私の記憶が正しければ、彼ははぐらかしによって苦境を切り抜けた。彼はこう述べた——映画は二重の意味で失敗だった、サドの幻想を現実化したうえに、ファシズムを寓話化したからである。だが、この二重の過ちにもかかわらず、失敗によって映画が「回収しえない」ものになったのだから、この映画はサド的なのだ、云々。ロランも知らなくはなかったように、ボードレールは「美しいものはつねに奇異だ」［「一八五五年の万国博覧会、美術」］としても、奇異なものがつねに美しいとは限らない事実を喚起することで、この種の詭弁に警鐘を鳴らしていた。ロランには自分のしていることが完全に分かっていたが、この場合、パゾリーニとの連帯を絶つことは彼には問題外だった。

相変わらずの酷暑が七月に入っても続くなか、フランス南西部のロラン宅を訪問した。この滞在についてもほぼすっかり忘れてしまったが、エリックに託した手紙がそれを再構築してくれる。ロランは六月にすでにパリを離れ、九月にならないと戻らないはずだった。この長い夏季休暇が中断されるのは、私が同伴を断ったバイロイト旅行の期間のみの予定だった。その地で彼は、恋愛のディスクールをめぐる本の仕上げに取り組んでいた。執筆の進捗、遭遇する障害、頭をよぎる疑念を、彼の手紙が証言している。私が彼から教わったのは、すでに書かれた本が次の本のいかなる保証にもならないということだ。ロランは毎朝、独り、原稿を前にして、博士論文に向かう私と同じように先が見えない状態のなかにいた。私と同じく、いま取り組んでいることが成就するのか自問していた。経験を積み、有名になったおかげで、公衆の面前やラジオやテレビの対談では落ち着きを身につけ、すでに著作のなかで語り慣れた話を繰り返していたが、新しい本を前にしてなすすべがなく傷つきやすい点では、だれとも変わらなかった。そうは言っても、彼が徐々に練り上げた仕事の方法が、頓挫を未然に防いでいた。彼は始終メモ帳に書き込み、帰宅するとカードにそれを書き写し、しかるべき順序が見つかるまでカードを何度も分類し直した。それから、カードをもとに原稿を書いた。私が彼の仕事の規律を最もよく見てとることができたのは、かの地だった。自分が手紙のなかで彼に差し向けた励ましの内容は覚えていない。それというのも、泣き言を洩らす彼の手紙に返事を書いたのは間違いなく、彼を励ますための言葉を何か記したはずだから。けれども、彼の仕事ぶりを観察しながら、手本を示してもらっていたのは私のほうだ。

私が旅行したのはとても暑い日で、列車は満員だった。この旅は、なぜかはわからないが、肌にじかに刻印され、肉体に貯蔵された思い出の一つになっていて、肉体はたえず昔の感覚を呼び起こそうと構えている。パリからバイヨンヌまで、酷暑の日に鉄道で旅行した覚えはあるのだ。それ以上言うべきことはない。あるとしたら、模造皮革または人工皮革で覆われた椅子に尻がズボン越しにくっついて、不快だったことくらいだ。当時、男は今よりも慎み深く、今のように頻繁に半ズボンで歩き回らなかった（ロランが自伝のなかに挿入した彼自身の写真の一枚が、いつも私を喜ばせてくれた。半ズボンを履いた彼がハヴァナ葉巻をくゆらせながら円卓で書き物をしている。この写真[72]は、一九七四年にジュアン・レ・パン［南仏アンティーヴ市南部の地中海に面した地区］のダニエル・コルディエ［一九二〇―、レジスタンス指導者ジャン・ムーランの秘書。のち美術商・画廊経営者］宅でユセフ・バクーシュ[73]が撮ったものであるが、そのときロランはこの写真が挿入される本の準備をしていたのであり、その本は幾重もの目配せにより、きっと彼自身をもおもしろがらせたに違いない）。

　私の到着を心待ちにしてくれていたロランは、赤いフォルクスワーゲンに乗ってバイヨンヌ駅[74]まで出迎えてくれた。ユルト[75]に向かう前に、市内で夕食を取った。ユルトには母親と弟と義妹がいた。読書したり、仕事をしたり、多少退屈したりしながら、そこに数日滞在した。ロランは、午前中は書斎にこもっていた。昼食は皆でとったが、毎晩ロランと私は外出し、母親たち一同から離れて、付近のあちこちで夕食をとったように思う。二階の寝室をあてがわれたが、その部屋のことはあまりよく覚えていない。その後一度だけ、ロランの葬儀の日に再訪したこの家のなかでは、むしろ、暑さを遮断するために鎧戸を閉めていつも薄暗かった食堂や、階下のロランの書斎のほうが記憶に残っている。その夏が、彼の母親が元気だった最後の夏で、私を親切にもてなしてくれた。彼女がこんなふうに真率に若い男を迎え入れるのは、私が最初ではなく、最後でもなかった。彼女はテレビのニュースを観ながら、いんげんの鞘を剝いていた。オリンピックや、トゥール・ド・フランスや、ニースの銀行強盗[76]のニュースなどだ。弟のミシェルとその妻ラシェルが不在のある日のお昼に、彼女はピペラド[77]を作ってくれた。それが私の滞在中で最もくつろげたひとときだった。二人の女性が同居するのは、とくにこと料理に関しては微妙だからだ。ロランの母親は二人の息子を一人占めしたかった、ロランの若い友人たちのために例外を設けるのは仕方ないとして。

ある日の午後、われわれは闘牛見物に行った。バイヨンヌのアリーナだったか、それともダク

72　『彼自身によるロラン・バルト』の原著の四三頁、邦訳でも四三頁に見られる。

73　ユセフ・バクーシュは、バルトのセミナーに参加した一人で、ジャン゠ルイ・ブットとともに、最も日常的に親しい関係にあった人物。

74　バイヨンヌは、アキテーヌ地域圏、ピレネー・アトランティーク県の郡庁所在地、人口約四万七千人。

75　ユルトは、バイヨンヌからアドゥール川沿いを東に約十七キロ移動した地点（直線距離では十五キロ）に位置する、人口二千の小村。

76　一九七六年七月十七―十八日の週末、イタリア系フランス人の写真家アルベール・スパジアリ率いる強盗団が、周到な計画と準備に基づいて、ニースのソシエテ・ジェネラル銀行に下水渠から侵入し、五億フラン（当時の邦貨にして五十億円）を強奪した事件。スパジアリは逮捕されたが、脱獄、国外逃亡を果たし、のちに事件をめぐる手記をフランスの出版社に送りつけた（邦訳『銀行五十億強奪犯の掘った奪った逃げた』、榊原晃三訳、新潮社、一九七八）。

77　トマトとピーマンの入ったオムレツにハムを添えるバスク料理。

[78]スだったか（古い手帳で確かめる必要があるが、それには及ぶまい）。私が闘牛好きだと知っていたロランは、この数日間の滞在で唯一の娯楽となったこの外出を予定に入れていた（南西フランスへの彼の愛着は、どんな伝統も排除しなかった）。そうは言っても、私は彼の仕事に立ち会った。このときが彼と日々の生活を共にし、青い作業着と縄底のズック靴を履いて（半ズボンは一度も履かなかった）仕事をする彼を目にした唯一の機会だった。恋愛のディスクールの形姿（フィギュール）をめぐる作業は進捗し、その時点でおよそ百の形姿が見込まれていた。

私はパリに戻り、ロランがバイロイトに出かける途中でパリに立ち寄るときに会うことにしていた。そのあと彼は、ふたたび原稿に没頭し、猛スピードでタイプを打った。私のユルト訪問を中間地点とする二年間が、われわれが最も近しくしていた時期である。ロランは著書の執筆の進捗ぶりを語った。私はその進捗を追い、それが同じ規律へと私を鼓舞し、仕事へと突き動かし、私の博士論文は進捗した。のちには、写真をめぐる彼の著書についても大いに語らったが、彼の仕事ぶりを前著の場合ほど間近から眺めることはなかった。本には載せないながらも、子供のころの母親の写真を中心に据えて著書を構成しようと決める以前、執筆の途上で味わった意気阻喪、計画を断念させかねなかった一種の停止状態を私に語った。この新たな構成を着想するまで彼は不満で、文章を水増しし、イメージの記号学の時代に練り上げた諸概念を、もうそれとは無縁な問題を扱っているのに、蒸し返していた。

ロランの周囲を飛び回る小さな群れがあった。バルベックの花咲く乙女たちの群れに似ていなくもなかったが、縁なし帽を被ったアルベルティーヌはいなかった。あるいは、もっと陰口好きなヴェルデュラン一族に似ていたかもしれない。彼のお気に入りの弟子はジャン＝ルイで、その種の呼び名がつねにいくぶん呪詛の色合いを帯びることを彼が意識しなければ、「われわれのなかの花形」と呼んだかもしれない。ジャン＝ルイはいつも天使めいた笑みを浮かべ、凝った文章を書き、それをロランは称賛していた。なぞが彼を包んでいた。内側から彼を燃やす火があって、そのせいで彼がロランよりも長生きするのは、俗な世界で活力を取り戻すのはむずかしいように見えた。彼のそばには、いつも友人のユセフがいて、こちらはいつも愛想がよく温かいうえに如才なく、徐々にロランの執事、代理公使、よろず屋になり、ロランの日常も余暇も管理しながら、彼自身ではやれないようなあらゆる手続きを助けていた。ロランはこの後見ぶりに時には抗うこともあったが、母親の死後、不可欠なものになっていたので、まもなくまた承諾するのだった。ロランが最もくつろげたのは、ユセフの家かジャン＝ルイのかたわらにいるときだった。ユセフがいないと途方に暮れ、ロランがいないとジャン＝ルイが途方に暮れることになる。彼らの友人

78　ダクスは、アキテーヌ地域圏、ランド県の町。人口約二万一千人。ユルトの北東に位置し、直線距離で約三十一キロ、自動車道路で約四十二キロの距離にある。

のポールは、いつも頭が両肩の間にめり込んだ格好で下から人を見上げ、詩を作っていた。一同はオーステルリッツ駅近くのモダンでだだっ広いアパルトマンを共有しており、私もそこにときどき行くことはあったが、ロランの第二の家族となっていたこの小さな集団の周辺に留まっていた。

ときたま、そこにもう一人ロランという名の男がいて、第一のロラン［バルト］は、こちらのロランが好きでたまらなかった。この第二のロランは私にはとても感じがよかったが、彼もかなりいかれていて（だが、われわれは皆、多少ともいかれている）、どうやらさまざまな恋に引き裂かれていた。のちに再会したときには、セミナーで知り合ったエヴリーヌと結婚して今や一家の父だったが、相変わらず魅力的だった。精神科医になって、ソルボンヌに登録している私の学生が心の問題で支援を必要とするときに相談に行く、大学心理支援室（BAPU）[79]に勤めていた。そうした学生の一人を診察したのを機に、私にあらためて接触してきた。われわれは再会したが、やがてまた音信不通になってしまった（数年後ロランが突然メッセージを送ってきた。エヴリーヌの死を告げるためで、私はひどく驚いた。まるで人を運び去る背負い袋をかついだ〈時間〉に捕まったかのようだった）。

もう一つのサークルがあったが、最初のサークルと重複する部分があったのかもしれない。私は距離を置いていたので、人物描写は大ざっぱになる恐れがあるが、そこにはルノー・カミュやアンドレ・テシネのような注目すべき人物がいた。ルノー・カミュは当時、かなり複雑で秘教的な野心的小説を書いていた。そのなかで彼は、テクスト主義へと持ち上げられたヌーヴォーロマンさながらに、引用および反復と戯れていたが、すでにきわめて優雅に、また切り込み鋭く書いていた。

ある機会に、ルノー・カミュの家だったか、いやテシネの家だった可能性のほうが高いが、バック街を下ったところにあったアパルトマン（両者ともバック街と結びついているのだが、正しいかどうか定かではない）で、サークルが一堂に会したのを覚えている。問題のパーティーはおそらくもう少しあとのこと、たぶんテシネの映画『ブロンテ姉妹』の封切りのときだった。バック街でのその夜はまず、不条理な死が私の心を打ったすばらしい女性、ブロンテ姉妹の一人［シャーロット］を演じたマリー＝フランス・ピジエと言葉を交わした。またもう一人［エミリー］を演じたイザベル・アジャーニを相手に、ひどいへまをやらかした。部屋が暗かったせいか、私の愚かさがこの大失敗の原因かはわからないが、彼女がだれだか見分けが付かないまま（しばらく前にコメディ・フランセーズで『ベルナルダ・アルバの家』［ガルシア・ロルカの芝居］を演じる彼女を観て讃嘆したのに）、ダンスに誘った。ジャンプの間に、彼女がどんな仕事しているのかと尋ねた。この白けさせる質問は、彼女に私のことを粗野な男と思わせ、始まりかけた付き合いを未然につぶしてしまった。

79　« Bureau d'aide psychologique universitaire » の略で、パリ市内の五カ所をはじめ、大学のある主要都市に配置されている。

エリックは皆より若かった。ロランは彼に、私がジュシューで行なっていた講義と高等研究院で開いていたセミナーに出るよう勧めた。こうして彼と知り合ったのだが、講義にもセミナーにも彼に付き添う男の友人二人と、時たまいっしょに来る女友達が一人いた。エリックも私同様、ロランとはサシで会うのを好んだが、スリジーでの彼らの仲睦まじさから判断するに、ユセフやジャン＝ルイの家でのパーティーに私よりもよく参加していたと思う。何しろ彼らはいっしょに、敷地入口の菜園のそばにある小屋に泊まっていたのだから。

われわれを結びつけるロランがいなくなると、エリックを除く彼らのほぼ全員との関係が途絶えた。エリックとはずっと親しくしてきた。私はロランが亡くなってから数ヵ月後にロンドンで教職に就いたが、彼はそのポストを継ぎ、われわれの仲はいつも良好である。ジャン＝ルイはパリでの修行者的共同的生活――コレージュ・ド・フランスでの初年度の講義でロランが夢見ていた「各自のリズムに基づく」小共同体の成功例だと思われるが――に飽きて、いっときマダガスカルに行って隠遁者のような暮らしをしたが、やがてパリに戻った。ときどきナンテール［パリ第十大学］の同僚から彼の噂を聞いたが、ときたまいたずらな妖精のように現れたそうだ。ユセフに最後に会ったのは、当時まだ建築中のデファンスのアーチの頂上だった。彼は預金供託金庫の頭取ロベール・リヨンのもとで、不動産ディヴェロッパーとして活躍していた。アーチのてっぺんでは強風が吹き、われわれはヘルメットを被っていた。そのときだれかが撮った写真には、満足そうなわれわれが写っている。

ニューヨークで、今朝起床して、『ル・モンド』紙のサイトでフランソワ・ヴァールの死を知った。ロランの周囲を巡っていた、そして私が出会うことのできたもう一つの星座だ。フランソワとセベロ[80]のことである。フランソワはいつもまじめだった。彼を形容するのに最も適した形容詞として思い浮かぶのは、英語の「本気の（アーネスト）」である。誠実なフランソワ、真剣なフランソワ、断固たるフランソワ、謹厳なフランソワ。私はいつも、上告無効の審判のような彼の宣告を恐れていた。まるで叱りつけようとしているように、彼が厳粛な佇まいでこちらの悪いところをはっきり言おうとするとき、早々に逃げ出したくなった。のちに彼が私の著書の最初の二、三冊の出版人になったとき、彼の前に出ると体が震えた。怖かったからではなく、彼が何を言おうと正しく、間違っているのは自分で、もはや言われたことを実行するしかないと予めわかっていたからだ。

フランソワはラカンの『エクリ』という画期的な本を世に送った。われわれはこの本を彼に負っている。それでいて彼は、このうえなく教条的な教授よりも教授然としていた（退職後、彼は博学で大部な哲学概論を何冊も出したが、それらが明かすのは、出版界で見事な活躍をしたけれども彼の天分はそこにはなかったかもしれないということだ）。ジャコブ街のスイユ社に着くと、

80　セベロ・サルドゥイ（一九三七―九三）は、六一年以後パリに定住したキューバの詩人・劇作家・画家。バルトは『テクストの快楽』（一九七三／沢崎浩平訳、みすず書房、一九七七）のなかで小説『コブラ』（七二）に触れ、戯曲『浜辺』の上演（七七）に際しても劇評を書いた（『ロラン・バルト著作集9』所収）。

中庭の小さな別棟の二階にある屋根裏部屋に通じる階段を、ミシミシ鳴らしながら昇った。階段が軋む音で来客の到来を察知した彼は、雷鳴を轟かせるジュピターさながら、煙草の吸いさしを咥え、机の向こうに巨体を据えて待ち受けていた。自分でも置き場に困るほど大きな両腕と長い両脚を伸ばして立ち上がると、頭がほとんど屋根裏部屋の天井に届いた。それで彼はいつも背を屈め、来訪者はその大きな手でこれからマッサージでもしてくれるような印象を持った。畑仕事から戻ったばかりのような赤ら顔をしていたが（彼のまじめさは棄子フランソワ[81]のそれだった）、いつも原稿読みに没頭していた。落とし忘れた煙草の灰が書類の上に散らばり、彼はそれを手の甲で払うのだった。

　ロランは彼と、いっそう込み入った関係を持っていた。彼らは遠い昔からの知り合いで、ロランのほうが年長で著名度が高まりつつある作家だったが、フランソワは彼のことを軽率な若造のように扱っていた。ロランは彼に原稿を渡すと、出版人の審判を待ちながら居心地の悪い思いをしていた。フランソワのほうは必ず何か文句を付ける箇所を見つけるのだった。私の前でロランは、フランソワへの不満を言った。ぶつぶつこぼしたものの、ロランは彼に負っている恩義を自覚していた。フランソワは彼にとって超自我を体現していたからである——ロラン自身がそう言明していた（もしも自分がばかなことを言いすぎたら、フランソワは差し止めにするだろう）。私の編集担当になったとき、フランソワは、かりに同意できなければ抵抗すればよい、ただしどんな抵抗もむだと認めたうえでのことだが（今もあのときの無邪気な笑みが目に浮かぶ）、という助言をくれた。

セベロはというと、正反対だった。丸顔で角張ってはおらず、背はしゃんとして猫背ではなく、腕は短く、その動きにぎこちないところはなかった。たえず笑い、何でもおもしろがった。あるいは、そのように見えただけか。彼の悲しみは推測できたからだ。彼らの間にロランが挟まり、どこかのカフェのテラスで三人並んで撮った写真が示すように、第三者には彼らの取り合わせがさっぱりわからなかった。

その後何年も経ってから、ニューヨークに来て（セベロはまだ存命だった）床屋を探しながら、ブロードウェイの百六丁目あたりの小さな店に入った。キューバ人の店員が、私がどこから来たのかと尋ねるので、パリから来たと答えると、まるで自明のことのように「セベロ・サルドゥイをご存じですか？」と即座に訊き返した。その間、あるいはいくつかのやり取りがあったのかもしれないが、定かではない。まさに私がセベロを知っていたので、「戻ったらよろしくお伝えください」と店員は続けた。そして今、フランソワも亡くなった。私の本を出してくれたあと彼は出版社を去り、私は彼の消息を見失っていた。

もう昔になるが、彼がまだジャコブ街で仕事をしていたころに、彼と交わした最後の会話の一

81　ジョルジュ・サンド（一八〇四―七六）の小説『棄子のフランソワ』（一八四八／長塚隆二訳、角川文庫、一九五二）の主人公。ここでの「棄子」« champi »は、畑« champ »に棄てられた子供の意。

つを覚えている。プルーストをめぐる私の本が話題になった。「君にはそろそろ、ごく単純な本を書いてもらわなくてはね。君がプルーストやモンテーニュをどう思うか、なぜ君は彼らが好きなのか、彼らはどのように君を感動させるのかを言ってくれなければ。」それまでよく知っていたフランソワ、精巧な推論に没入していた、あるいは私をそれに没入させたフランソワには、似つかわしくない言葉だった。しかし彼は、モンテーニュと唯名論をめぐる私の著書が難解すぎると思っていた。それでも出すには出してくれたのだが、ニューヨーク在住の私の卓越した同僚ミカエル・リファテールの前で留保を表明したという。リファテールが親切心から、それを私に伝えてくれたのだ。

私はまだ若すぎて、ごく単純な本は書けなかった、自分を守る必要があった。しかし最近、モンテーニュやボードレールについて一般向きの本を書きはじめたとき、フランソワのことをしばしば思い出した。そして彼が望んだであろうものをようやく書いているのだと心に思った。

ブロードウェイを北の方向に歩きながら、若いころキューバでセベロの友人だった（あるいは恋人だったか——セベロのことを語る口調からそう思った）という理容師を探した。しかし彼の店は、ずいぶん前に畳まれていた。

スリジーでは、ロランについて単刀直入には語らず、間接的に、寓喩的に、巧妙に語ろうと取り決めていた（われわれはまだ駆け出しで、自分を聡明に見せたかったのだ）。この遊戯の規則を決めたのはだれか、また、われわれの討議からどうしてこの方式が生まれたのか、もう覚えていない。それでも、発案したのは私で、ロランは慎みから、あるいは恥じらいから、これに同意したような気がする。彼の前で彼の作品を解説するのは、あまりに型に嵌ったやり方で、いかにも学校を思わせただろう。それに、おそらく彼はわれわれが彼の過去の著作をあれこれ論じるのを聴きたくはなかっただろうし、最近の著作となればなおさらだっただろう。

それで私としては、博士論文執筆のために没頭してきたモンテーニュの『エセー』を介して迂回することにした。ロランは『エセー』について何も書いていないからかなり恣意的になるが、ある種の類比を紡ぎながら暗示によってロランを語るつもりだった。それでも、「詐術」という暗示に富むタイトルのもと、モンテーニュが自分のもろもろの能力、つまり記憶力、判断力、権威、また自分の自画像の企図をめぐって抱いた疑念を口実に、詐欺師を一種逆説的に礼賛しながら、ロランの気質を喚起しようと考えた。

ロランとレーモン・ピカールの論争に言及し、『ル・モンド』紙とジャクリーヌ・ピアティエへの古くからの怨恨（私が彼の敵意を知ったのは後年であるが）を述べた今となってはじめて、自分の採った方法が彼には愉快ではなかったかもしれないと思いいたる。彼に対するピカールの糾弾『新たな批評、あるいは新たな詐術』の用語そのものを、再利用したからだ。あの事件を想起させること自体は、おそらくそれほど微妙な問題ではなかった。この研究集会が負担になっていることに対し、自分でも自覚しないまま、私がそんな形で仕返しをしたことはありえるだろうか。とにかくロランは、批判めいたことはひと言も言わなかった。彼をモンテーニュと結びつけながら、英仏海峡で戦死した彼の父親の乗っていたのが、トロール船を哨戒艇補助船に改造した船で、その名が漁船にしては奇妙な「モンテーニュ号」だったということも、当時の私は知らなかった。ボードレールが書いたように、悪における無自覚[82]こそは、われわれの堕落した本性の証しである。

われわれは城館の同じ翼に宿泊していた。ロランの部屋は、廊下奥の、通常はウルゴン夫人が使っていると思われる大きな寝室で、私の部屋は廊下右側で、やはりテラスに面していた。その週はきつかった。私はあまり寝られず、早朝に起きて、村のカフェを探しながら車であたりを徘徊し、カフェに入ると新聞を読みながら、あまりに遅い城館の朝食の時間まで新聞を読んだ。日課を始める前のこの内省のひとときは、貴重だった。三年前、プルーストを記念する研究集会のためにスリジーにふたたび赴いた際、昔のしきたりを再現しようと考えた。しかし三十五年を経ると、マンシュ県には朝七時に開いているカフェはもはやなかった。カフェはもはや、仕事に出る前にカルヴァドス入りのコーヒーを飲むのが習慣の労働者がたむろする場所ではなく、時間がたっぷりあって雌鶏とともに起床する理由などまったくない退職した老人たちに占領されていたからだ。

そのようなある日の早朝に、ロランを車に乗せた。当時、村の反対側、ブロカール橋方面に延びる街道にあったカフェに行った（今ではショピかカルフール・コンタクトというスーパー・マーケットができていて、この前滞在した折に立ち寄ったが、あいにく閉まっていた）。重要な話をするためだった。スリジーに到着したとき、彼から譲り受けた大型オリヴェッティで打ち終えたばかりの博士論文第一稿を、ロランに渡してあった。彼の反応を知りたくてたまらなかった。はたしてそれは、こちらを励ましてくれる、いや、昂揚して褒めちぎるものだった。ロランは説得されたところを見せたが、私が安心できるには、まだたくさんのものが必要だった。私は「詐術」をめぐる発表をおこなったばかりであったが、私の心を占めていたのは、モンテーニュの詐術や、ピカールがロランに対して非難した詐術であるよりも、なかんずく私自身の詐術だった。そして今や、この感情が心底から優勢になっていた。そんな話をして、われわれは車で城館に戻り、食堂で仲間たちに合流した。彼らは焼いたパン切れにジャムを付けて、それをカフェオレに浸していた。若いころ、寄宿生活があまりに長かったもので、私はもう集団生活に喜びを見出せなくなっていた。それで、信心家にとって祈りが欠かせないように、早朝の散策が欠かせなかった。

82　ルソー的な性善説への反発の一環としてボードレールがしばしば表明する、無自覚に悪をなすことは自覚的な悪よりも救いがたいという考え方。「救われ得ぬもの」（『悪の花』第二版）末尾の「世に二つとしてない慰藉（なぐさめ）と栄光／――悪における意識こそは！」（阿部良雄訳）をはじめ、散文詩「贋金」（『パリの憂鬱』第二八篇）、『危険な関係』に関する覚書」、「哀れなベルギー」などに読まれる。

スリジーでの研究集会の中間に、午後いっぱい外出できる休憩時間があった。昼食のあと、数台の車に分乗して、グランヴィル[83]方面に向かった。ロランは私の車ルノー4（キャトル）に乗り、右隣に座った。後部座席にはコンタルドと、たぶんアデこと、エヴリーヌがいた。目的地に着くと、港をぶらつき、コーヒーを飲み、いかにも若い遊び人のようにふるまった。時間をつぶすのに、釣り具や船舶装備品、それに職業水夫やヨットマン用の大量の船員服を売る広大な海の店、とてもよく品揃えした一種の海洋用品共同販売組合に迷い込んだ。ロランは船員用半コートを試着し、心そそられ、ノルマンディーの田舎で着るにも季節外れではあったが、それを買った。他の連中は、錨をあしらった船員帽を買った。袖がやや短くて肩が吊り上がる、あまり似合わない半コートを着込んで首が短く見えたロランの姿が目に浮かぶ。その後パリで、いっしょに夕食を取ったときに、彼はときどきその着心地の悪い青い羅紗の半コートを着てきた。

　この半コートについて、必要も願望もなしにそれを彼に買わせた気まぐれについて、彼がどこかに書いているように思われ、探してみたが見つからなかった。空腹でもないのにがつがつと食べ物に向かわせた多食症が、そうさせたのかもしれない。当時私は、彼が船員の一族に生まれたことを知らなかった。大叔父の一人が一八二九年にフランス海軍に入隊し最後は海軍大佐になったこと、この大叔父の三人の息子がそれぞれ海軍中佐、海軍大佐、海軍少将になり、これら三人のうち二人の将校がロランの父親が戦死したまさにそのときに大西洋と地中海で軍艦を指揮していたこと、そして、従兄弟の一人もやはり海軍少将になったことを知らなかった。それゆえ、彼の父親の海軍入隊、そしてのちの商船隊入隊には、若者の気まぐれなど微塵もなく、数世代前にサン・フェリックス・ド・カラマンでの公証人職を放棄し、ブレストやトゥーロンに定着した一族郎党の天職に従っていたのだ。ロランは、母親のこと以外、一族に関する話をしたことはなかったが、あの半コートは、たとえその購入は大ポカだったとしても、彼の忠実さの証しであることに変わりはない。

夜、われわれは、小さな港のテラスで海の幸の盛り合わせを分けて食べる。そこはブランヴィルだったかクータンヴィルだったか、とにかく「……ヴィル」で終わる地名だった。テーブルを囲んだ者の一人が、ブリショ[84]よろしく、われわれに語源をめぐる講釈を披露した。かなり大人数だったので、なかなか料理が出てこなかった。ロランは退屈していた。早く戻って母親に電話をかけたがっていた。城館に着くや、コンタルドが笑いながら、田舎の辺鄙な交差路で停止信号を無視したと私をなじった。彼がそのときにすぐ指摘しなかったもので、私としては、そのとおりだったとは断言しかねる。コンタルドは私をからかい、ロランは死の助手席で身震いしていていたぞ、と言った。だが、ロラン自身も何も言わなかった。自分が本当に彼の生命を危険にさらしたのか、私には知るすべがない。

83　バス・ノルマンディー地方、マンシュ県のモン・サン・ミシェル湾北部に位置する港町で行楽地。
84　プルーストの小説に登場する、衒学的で冗談好きなソルボンヌ教授。ヴェルデュラン家の重要な常連客の一人。

一九七一年に『テル・ケル』誌の質問への「返答」のなかで、ロランは一族の出自を軽率にもタルン県マザメ[85]としている。彼は思い違いをしていた。バルト家は、旧体制（アンシャン・レジーム）下にはサン・フェリックスの公証人の家系で、その職が親から息子へと受け継がれた。恐怖政治の時期に町は「ベルヴュー」という世俗的な名称に変わったが、その時期、先祖の一人は町長職にあり、そのあとも数十年にわたって助役を務めた。この先祖の次男が町役場で彼の職を継ぎ、帝政下で理工科学校を終了した長男はナポレオン軍で戦い、トゥールーズに引退したときは工兵隊司令官だった[86]。また、末っ子は王政復古期に海軍に入隊した。一九七七年、ラジオ局フランス・キュルチュールでの対談では（相手はジャン＝マリ・ブノワとベルナール＝アンリ・レヴィで、ロランと新しい哲学者たち（ヌーヴォー・フィロゾーフ）との親交を示している）、ロランは一族の揺籃の地を、今度は間違うことなく、オート・ガロンヌ県の、二十世紀になってサン・フェリックス・ド・ロラゲと改名されるサン・フェリックス・ド・カラマンに位置づけている。そして、最近はじめてその地に赴いたと言っている。その間、ひょっとすると彼が自伝を書いたあとで、だれかが彼の先祖の歴史を多少彼に教えたのかもしれない。あるいは、七四年に従兄弟の海軍少将が亡くなったときに、あらためて親戚と接触したのかもしれない。

　自伝を準備しながらロランは何枚かの紙に人生の重要な日付を記しているが、父親がトロール船モンテーニュ号の撃沈の際に戦死した日を間違えている。その本の補遺に添えられた小伝には別の日付を記しているが、それも間違いだ。本の巻頭に複製されたぼかし入りの写真のような画像とは違って、一族の戦功がほとんど彼の関心を惹かなかったのは明らかだ。彼の祖父は、彼が十一歳になろうとしていた一九二六年八月にバイヨンヌで死去している。サン・ピエール・ディリューブ[87]の一家の墓所に埋葬され、のちに妻と娘、つまりロランの祖母と叔母も同じ墓に入ったが、その墓は管理が行き届かず、今日では見分けがつかない。ロランの祖父が死んだのは、彼の母親が再婚して彼の異父弟ミシェルを身籠った時期と符合している。『バイヨンヌ通信』の故人追悼文によると、息子の死後、「彼の愛情はもっぱら、今や一家の唯一の希望となった孫息子に向けられた」。

パリに引っ越してからは、学校の長期休暇ごとにバイヨンヌに戻った、とロランは語っているが、母親とともにいる彼は、以後、父親の実家も母親の実家も、家族として否認したも同然だっただろう。

85　バイヨンヌから直線距離で三百キロ余り東方に位置するラングドック地方の町。サン・フェリックスは、マザメよりも約四十キロ西寄りに位置する。

86　理工科学校は、一八〇四年にナポレオンによって技術将校養成のための軍学校として創設され、今も国防省の所管である。

87　バイヨンヌ南東郊外の村。人口は、一九二六年には八三四人、二〇一三年には四六六一人という記録がある。

私がロランと二人きりで会うのを好んだのは、自由気ままに彼と話すため、彼の仕事について質問し（ロランは進んで話してくれた）、私の仕事のことを彼に話すためだった。主婦が市場で買うべき物を念入りにリストアップするように、彼は小さなメモ帳を取り出し、重要なことは何一つ忘れまいと、そこに何か走り書きするのだった。その点でわれわれは異なっていた。会話の最中、読書の最中、あるいは眠れないとき、のちのちのために何かを記憶のなかで整理するのは、私も好きだ。もしそれがそれっきり思い出せないのなら、書きとめるに値しないということだ。忘却がその運命の一部をなしている。記憶に留めるに値するものなら、また意識にのぼるはずだ。その場で書きとめなかったものの、よく言うように、舌の先まで出かかっている概念や語やイメージを思い出す努力は、ときにいらいらさせるが、一個の想念が生まれた過程をもう一度たどり直させるので、かりに思い出すに至らずとも、いつも有益なものだ。ロランはそのリスクを冒したがらなかった。パスカルは言っている——「ある考えを思いついて、書きとめようとしたのに、それが逃れ去ってしまうことがある。しかしそれは、自分の弱さ——それを私はいつも忘れてしまうのだが——を思い出させてくれる。それは、忘れてしまったその考えに劣らず有益だ。なぜなら私が心がけているのは、自分の虚無を自覚することだけなのだから」[88]。記憶の欠落は、好都合にもパスカルに人間の悲惨を呼び起こすとしても、彼の気がかりの種であり続ける。それというのも、彼は別の箇所では、ある優雅なはぐらかしによって記憶の欠落を切り抜けるからだ。「逃れ去った考え（パンセ）。私はそれを書きとめようとしていたのだが。その代わりに、私はこう記す。

それは私のもとを逃れ去った。」[89] ロランはこの内面から迸る断章を引用している[90]（しかもどうやら一度ならず）。なぜならこれは、彼が考案した新しい学問、彼の最も美しい新造語の一つを用いて「段階学（バトモロジー）」と名づけられた学問、すなわち「言語活動の段階性の研究」の好個の実例だからである。しかしながら、彼のメモ帳やカードや手帳は、待ち合わせの場所に赴くことを失念しないよう予め書き込まれるのではなく、帰宅後、面会の痕跡を保存するために記されるものなので、それらが想起させるのは、記憶の欠陥に立証されるわれわれの卑小さをめぐるジャンセニスト的確信よりもむしろ、彼の母親が彼を育てる環境をなしたプロテスタントの宗教が推奨する「良心の究明」の実践である。ロランはメモを財宝のように蓄えていた。執筆に当たっては、その大きなカードボックスを掘り起こすのだった。セミナー参加者のうち何人かがカードボックスの整理に雇われた（われわれには彼らが羨ましかった）。私はその場では何も記録しなかったが、いま当時を語るのに必要な素材を彼の手紙から取り出していると、まるでこれらの手紙が彼の遺してくれたカードのように思えてくる。

88 パスカル『パンセ』、塩川徹也訳、岩波文庫、中巻三六七頁。
89 同書、中巻二八三頁、および下巻二八二頁。
90 『彼自身によるロラン・バルト』新装版二〇〇四、九一頁。パスカルの引用の直前には、「段階性」を説明する次のような記述がある――「私は書く。それが言語の第一度だ。それから、私は《私は書く》と書く。それが第二度だ」

二人きりで会うことを望んだもう一つの理由は、独立性への私の執着である。ロランには取り巻きがいて、彼の母親が死んでからはますます彼を独占しようとする第二の家族のようだった。ロランという男は、かつて一人で暮らしたことがなかった。けっして一人で食事をすることはなく、それまでは、書斎の揚げ戸を開けさえすれば、母親のいるところに降りて昼食をとることができた。彼には取り巻き連が欠かせなかった。それでいて、彼の憂さを晴らすのに集まった会食者に囲まれた彼は、たいてい、放心したような、心ここにあらずとでもいうような、何かに気をとられているような様子だった。あまりしゃべらないうえ、自分がいなくなると気分を害した招待者、会食者に陰口を叩かれかねないのに、真っ先に退席した。ロランは孤独を好みながら仲間なしでは（あるいは気晴らしなしでは——これまたパスカルを想起させるが）いられない人、あるいは群衆が我慢できない社交家だった（結局は同じことかもしれない）。もちろん彼は、こうしたこと一切について、コレージュでの第一年目を通してずっと、母親を交えて——やがて彼が三階に下りてからは母親と二人きりで——生活した最後の数ヵ月の間、「いかにして共に生きるか」、すなわち彼が完全に親のいない身になったときに備えて、独り身でありながら群居するようないかなる生活を想像すべきか、自問しながらあれこれ考えを巡らせていた。

彼は進んで私を彼の信奉者の仲間に入れてくれただろうが、そこに加入するのを拒んだのは私のほうだった。われわれがいつ会っているか知る者はいなかった。だから私はたいてい、彼らの仲間からは外れていた。スリジーは、狭いところに重なり合うようにして暮らしたあの一週間は、例外中の例外だった。ただし私には役目が課せられていた、そこで一つの役割を（たいそう下手に）演じたのだ。役目から離れた時間には、人前に姿を見せなかった。

ある日ロランから、近々、夜にフィリップ・ソレルスとジュリア・クリステヴァに会うことになっているので、夕食をいっしょにどうかという提案があった。彼らはきっと喜ぶだろうと彼は言い、ジュリアが私の博士論文の指導教官だから自分自身にもおもしろいとも言った。私が指導を願い出たのがジュリアで、ロランではなかったのは、まさに個人的に彼女のことを知らなかったから、つながりがなかったからであることを、彼に説明しなければならなかった。ロランはわけがわからないという顔をした。友人同士であると同時に指導教官と学生でもあるという関係の混淆は、私が感じるほど彼には苦にならなかった。私の博士論文を指導することには何の抵抗もなかったはずだし、その論文を真っ先に読んだのは自分ではないか、と結んだ。

後年、ロランが死んでだいぶ経ってから、われわれの関係が悪化していたころ（その後改善されたが）、ジュリアがなぜ彼女を指導教官に選んだのかと私に尋ねた。最も誠実な返答は、いま概略を記したものであったろう。

ジュシュー［パリ第七大学］の地下の階での口頭試問[91]の際、ロランは遅れて到着し、最後列の、私の友人アランの隣に座った。母親が亡くなってひと月経つか経たないかのころで、彼は最悪の状態だった。彼は日記に、悲劇女優に似つかわしい「永遠に」のひと言で、それを記している。彼は、悲しみをこらえて、しかも仕事に割くべき午前の時間を犠牲にして、自ら立ち会うことで私を励ますために来てくれた。私にはそれがありがたく、彼に感謝した。しかしながら審査員のうち、ジュリアとジェラール・ジュネットは、私の背後、教室の奥にいる劣等生のようなロランが、彼らが私に向かってしゃべり、慣例に従って——しかも規則の遵守にかけては厳格なジュネットはそうせずにはいられなかったのだが——博士候補者である私に手荒いコメントを浴びせている間、彼らの講評を聴いていない（それを露骨に示していたと、アランがあとで私に語った）のを見て、あまりうれしくはなかっただろうと思う。私に関係のない緊張関係が働いているようだったが、それについては、のちにわれわれがこのセレモニーを振り返って論評したときに、ロランが説明してくれた。

その日は、私の父もわざわざ出てきてくれた。私がまじめな学位をいくつも浪費した果てに、筋の通らぬ文学の博士論文の口頭試問を受けることを、あまり好意的な目では見ていなかったと思う。しかし愛情から、そしておそらくは好奇心もあって、はるばる来てくれた（当時、父は地方に住んでいた）。始まる前に着いたが、前列には進み出ず、控え目にふるまっていた。あるいは、なじみのない環境で困惑していたのかもしれない。私は二人に背を向けていたが、彼らの視線が自分に注がれているのを感じていた。見守る二人の緊迫が私の意識にのしかかってきた。

ロランと同じく、父も第一次世界大戦中に生まれていた。父の誕生日はロランの父が死んださにその日だった（めでたい日がすなわち悪い日だ）。以前は考えなかったが、二人は同時代を生きたのであり、未来への信、勝利への信とともに、戦争のさなかに胚胎された。ロランの父は、彼が指揮していた船とともに消えた。未亡人に向けた手紙のなかで上官たちは、彼は船が沈んだときに負傷しただけではなく間違いなく立派な死を遂げたと語り、返還すべき遺体が見つからないことを詫びてもいた。お墓で思いを凝らし涙に暮れることはないでしょうと結び、未亡人を慰めていた。ロランの父親の名は、一九二四年十一月十一日に除幕されたバイヨンヌ出身の戦死者のための記念碑に金文字で彫られている。ロランの母親が息子とともにパリで人生をやり直すために、夫の両親とともに暮らしたバイヨンヌの町を去ったのは、一九二四年十一月のことだ。

ロランと私の父はほぼ同い年であるが、ゲルマント侯爵がスワンに向かって「あなたはわれわれ全員を埋葬するでしょう」［われわれ全員よりも長生きするでしょう、の意］と言う[92]のと同じ意味で、父はロランを「埋葬」した。父はロランよりも三十年長生きした。これは一世代にあたる相当に長い時間で、ロランがとても

91 （113ページ）のちに『第二の手、または引用の作業』に組み込まれるこの博士論文のタイトルは、« Les mécanismes de la répétition dans le texte »（テクストにおける反復のメカニズム）であった。クリステヴァ、ジュネットとともに、言語学者でパリ第八大学教授ののジャン＝クロード・シュヴァリエ（一九二五―　）が審査員を務めた。

92 プルースト『失われた時を求めて』7『ゲルマントのほうⅢ』、吉川一義訳、岩波文庫、二〇一四、五五八頁。

若くして亡くなった事実を浮き彫りにする。もう一つの符合が不意に私を驚かすのだが、彼は今の私の歳で死んだ。私は現在、ロランが死んだ、ばかげた死に方をした年齢に達している。ロランがナポレオンの弟の写真を前に、「私がいま見ているのは、ナポレオン皇帝を眺めたその眼である」と叫んだとき[93]に劣らぬ驚きを私に与える。厳然たる事実であるが、実感が湧かない。それがなかなか呑み込めないのは、ロランを年寄りと見ていたからだ。彼は私より三十五歳年長で、始終あちこちの痛みを嘆き、それを年齢のせいにしていた。それに、私は依然として、自分の死は抽象的なものという幻想のなかに生きているのかもしれない。

すでにスリジーで、いや、ひょっとするとそれ以前、私が面識を得たころから、彼は自分の年齢を包み隠さず、事実、年齢相応に見え、また年齢を演じ、疲れやちょっとした体の不調、たとえば偏頭痛、吐き気、節々の痛みなどを誇張していた。彼が日々立ち寄っていたボナパルト街の薬局の前を通るとき、私は心気症患者を茶化すように、やんわりとからかった。バイロイト滞在はその時期としてはめずらしい遠出だったが（母親の死後はまたチュニジアやモロッコに少し旅行したが、心底楽しむことはなかった）、その旅行のあとの手紙には、疲労困憊してひどい体調でユルトに戻り、翌日から背中の腰の上部の痛みがひどくなったと書いてあり（彼は腰 reins を、リューマチ rhumatisme や『ラインの黄金』*Rheingold* のように h を入れて綴っていた）、その症状は、彼の掛かりつけの医師——ピアノとヴァイオリンのデュオを彼と演奏していた友人である——の診断によると、体の構造に由来する痛みということだった。一種の強力なアスピリンのせいで頭がぼうっとしてベッドにくぎ付けになり、字を書くのもひと苦労で、字体が乱れているのは横になって書いているためということだった。自分の体の状態への彼の気遣いは私には大げさに見えた。彼にそれをはっきりと言うこともあったが、あとで後悔することになった。彼の死因が往年の結核症だったことを理解してからは、自分の容赦なさを悔やんだ。

口頭試問が終わるとすぐに彼は姿を消した。私の父も同様だった。二人はこの機会に、言葉を交わすことも互いに相手を認識することもなしに、たった一度だけすれ違った。

今も周期的にロランの夢を見るが、夢のなかの彼は、人々から離れ、われわれの知らないところで生きつづけている。彼はものを書かなくなった、それができる状態にはないからだ。しかし彼は老いてはいない。私が再会するのは同じ人だ。少し痩せて、以前より背が曲がり、肌の色が白くなったかもしれないが、鼻にかかったような響きで、語尾を少し引きずる調子の声は変わっていない。彼は灰色のツィードの上着のポケットから葉巻の箱を取り出し、モンテクリスト［キューバ産葉巻の銘柄］を一本抜き取る。プチ・ブル的器具のシガー・カッターは使わずに、歯で葉巻を裂く。糸切り歯で葉巻の端を引きちぎるのだ。包み紙のくずを吐き出し、親指と人差し指と中指とでつまんで回したり押したりしながら、長いマッチ棒で葉巻にゆっくりと火を点ける。繊維が燃える小

93　バルトが『明るい部屋』冒頭で語っている逸話（花輪光訳、みすず書房、新装版二〇〇二、七頁）。

さく乾いた音が聞こえるほどだ。彼は心地よさそうに煙を吐く。彼が死んでから煙草を吸わなくなった私は（それも今まで考えたことのなかった符合だ）、その葉巻の匂いに陶然とする。歯と歯の間や舌の上に煙草の屑が残っていて、彼はそれを取り除くために下唇をめくり、人差し指で掻き集める。そう、彼はもう何も書かなくなったが、それを懐かしんではいない。彼はちゃんとした暮らしをしている。彼は私と会って満足だった。それでもわれわれの間には遮蔽幕があるかのようで、次の夢までお別れというわけだ。

今回も、彼は本当には死んでいない。よそで密かに暮らしている。彼の死とは、新たな生を、小説のような生、生のような小説――晩年の講義で彼は両者を和解させることを望んでいた――を開始するための策略だった。彼に遭遇したのは偶然で、ここ何年もの間、私から身を隠していたのだと言う。友人か兄弟に裏切られたことがわかったときのように、深い悲しみを感じる。彼が私を裏切ったのか、それとも私が彼を裏切ったのか？　彼が私に会いたがらなかったのは、私が約束を破ったからか？　この処罰に値する、無関心を装われても仕方のないような、どんなことを私がやらかしたのか？　私は彼に忠実でなかったなどということがありえるだろうか？　たとえば、ロランの母親が亡くなる直前の数ヵ月の間、そのとき私は次年度の職を探していたのだが、外国に教えに行くことも考慮していた私に、ロランはそうしてはならないととてもはっきりと忠告した。それは、人は母語のなかで生きるべきで、母語のなかに身を置くことがものを書くには不可欠だという確信が、彼にはあったからだ。ロランは一九四〇年代末にブカレストやアレクサンドリアに配属されたことがあり、大衆的観光が盛んになる前はイタリアにも頻繁に滞在したが、もはや旅行に喜びを感じることはできず、ますます出不精になり、自宅に根を張ったようになっていた。ところが私は、彼が死んだ直後にフランスを離れた。私の仕事もまた、経歴を重ねるにつれて、よりアカデミックな展開をたどった。それでも、自分以上にロランに忠実な者はいなかったという確信がある。口のなかに苦い味わいを、冷めた葉巻の味を感じて、不意に目が覚める。

ロランが彼のコレージュ・ド・フランスへの立候補の顚末を私に話してくれたのかどうか、今となっては言いようがない。それでも、彼の選挙運動[94]はわれわれが頻繁に会っていた時期に繰り広げられた。正直なところ、忘れてしまったが、それはおそらく、どのような結果になるか定かでなく、またたぶん少々迷信的なところもあって、彼が口外を慎み、可能なかぎり黙っていたからだろう（のちに彼が、一篇の小説を準備中であることを世に広く知らせる際には、それほど迷信的ではなくなる。ということは、その場合、彼が自分の成功を信じていなかったか、願っていなかった、あるいは軽挙妄動によってわざと自分の成功を危うくしたことを意味する）。ロラ

94　コレージュ・ド・フランスやソルボンヌの教授ポストに立候補する場合、投票権を持つ教授全員と個別に面談を行なうのが常であった。それが選挙運動の内実である。ソルボンヌではこの慣習が消えつつある。

ンはミシェル・フーコーについて、彼らの昔からの友情について、そして何年も前からのもめごとについて話した。今も記憶に残っているのは、そのもめごとがフーコーの友人のダニエルに関係しており、ほんの些細なできごとが雪だるまのように膨れ上がり、決定的な誤解になってしまった、とロランが説明したことがらから生じたものだった。[95] これもまた、彼の周囲で頻繁に起きていた「紛糾（ミクマック）」の一例である。ロランがフーコーと再会したと言ったのを覚えているが、彼らの和解がコレージュへのロランの立候補を可能にしたとは、彼の口から聞いた覚えがない。私が彼に関わる選挙のことを知ったのは、選ばれるのが確実になってからである。

それとは逆に、コレージュへの就任がロランに喜びをもたらしたことには確信がある。コレージュのレターヘッド入りの便箋を受け取ったとき、私に送ってきたごく簡潔な手紙がその証しである。その短信はユルトから盛夏に送られている。そこから、その便箋がユルトにいる自分のもとに送られてくるのを心待ちにしていたことがうかがえる。その一枚目の紙葉を、彼がこれから行なう就任講義の前奏曲のように、嬉々として私に送ってくれたのだ（私もうれしかった）。彼のメッセージを受け取ったのは私だけだったのだろうか、それとも多少とも大勢の人間に同じ手紙を送ったのだろうか？　どちらとも言えないが、大勢に送ったのであれば、それはもっぱら、彼がこの聖別に付与していた重要性を裏づけるだろう。

その年の秋、ロランは就任講義を準備する一方で、恋愛のディスクールの形姿（フィギュール）を修正し、凝縮し、短縮し、彼の言い方では「冒頭の「梗概[96]」を削除していた。ユルトとパリの間でこの夏にわれわれが交わした書簡のなかでたえず話題になるのは、原稿の進捗状況、その緩慢さや加速である。九月になっても、ロランは大急ぎで原稿をタイプ打ちするために、引き続き田舎に滞在した。予定通りパリに戻っていたら、本の完成に遅れが生じていただろう。彼は約二週間のすさまじい苦役を通して、自ら「スタハノフ的[97]」そして「気違いじみた」と形容するリズムですべてをタイプ打ちした。しかしやり遂げたときには、疲労困憊と誇らしさが混じり合っていた。

それが彼にとって、ユルトでの最後の平穏で実り多い夏だった。そこを訪ねたときに観察したとおり、彼の母親はまだ家事を取り仕切っていた。彼は三ヵ月近く南西フランスに滞在した。それは昔の夏休み全体にわたる滞在で、短いバイロイト滞在が唯一の中断になった。彼はベネディクト会修道士さながらに、根気よく仕事をした。二年間のセミナーで書き溜めたメモをもとに、

95　この「もめごと」の仔細については、以下を参照のこと。Daniel Defert, *Une vie politique*, entretiens avec Philippe Artières et Éric Favereau, Seuil, 2014, p. 32.

96　この「梗概」未定稿は、のちに刊行されたセミナー講義録巻末補遺の「恋愛のディスクール・断章（未刊部分）」に収められている（Roland Barthes, *Le Discours amoureux. Séminaire à l'École pratique des hautes études 1974-1976, suivi de Fragments d'un discours amoureux : inédits*, Avant-propos d'Éric Marty ; Présentation et édition de Claude Coste, Seuil, 2007, p. 611-612）

97　アレクセイ・スタハノフ（一九〇六―七七）は、スターリン時代のソ連の炭鉱夫で、新しい掘削技術を開発し、生産の飛躍的向上のシンボルとされた人物。

本をまるまる執筆し、タイプ打ちが終わらなければパリには戻らなかったからだ。ユルトは、パリで彼の気を散らすありとあらゆるもの——お役所的手続きや男漁り——から解放されて、最も多くの仕事を処理できる場所だった（当時、自分の日々を損なう引きも切らない依頼や行政上の煩雑な手続きをめぐる彼の嘆きを聞いたことはあったが、彼が孤独な男漁りに割いている時間のことはまったく知らなかった）。

彼の手紙では、本の表紙にする図案（一枚の絵かその一部）の探索のことが何度も話題になる。一つ前の著作はあの小さな自伝だったが、その表紙にはロラン自身の多色のパステル画の一枚があしらわれていた。彼がアラゴンやビュトールやイヨネスコたちと隣り合うことになったさるすばらしい叢書[98]へのもう一つの注文だった日本に関する著作［『記号の国』、一九七〇］の場合と同じく、「永遠の作家」叢書がそれを要請していた……恋愛に関する本、しかもこの種の叢書には入らない本に、一つのイメージを結びつけるのは、新奇な試みになるだろう。数日間イタリアに行くことになっていたので、美術館や教会を訪れたら考えてみてほしいとロランから頼まれた。満足のいくものは何も見つからなかった。

休暇明けに、大英図書館で調べ物をする名目でロンドンに行った。旧友のフィリップ[99]といっしょの旅だった。彼もティエール財団の寄宿生だった（この楽なポストの噂は彼から聞いた）。往きの船上でわれわれは、かつての毛沢東主義者でのちにこちこちの信心家になった共著者たち、クリスチャン・ジャンベとギー・ラルドローの『天使』[100]をめぐるからかい半分の書評を書くのに忙殺されていた。すでに言及した「新しい哲学」はまだ揺籃期にあり、ロランはまもなく、それへのおずおずした同調者であるところを見せるだろう。しかしそれは、かつてのマルクス主義者や構造主義者には迷惑な話で、彼らは、若い連中にこびへつらっているとみなしてロランをとがめた。われわれの書評が『テル・ケル』に出たときには、ソレルスもまた回心しており[101]、その本の共著者たちに、われわれが雑誌の見解を代弁するものではないと通達した。それをすぐに知っ

98　スイスのアルベール・スキラ出版社の「創造の小径」叢書。日本では新潮社が全巻の版権を取得し、同名の翻訳叢書が刊行された。バルトの『表徴の帝国』（みすず書房新版では『記号の国』）のほか、スタロバンスキー『道化のような芸術家の肖像』、アラゴン『冒頭の一句』、クロード・シモン『盲目のオリオン』、カイヨワ『石が書く』、ル・クレジオ『悪魔祓い』、ビュトール『絵画のなかの言葉』などを含む。

99　フィリップ・ロジェ（一九四九―　）。ジャン・ピエルの死後、『クリティック』の編集長を引き継いで今日にいたる。十八世紀、とくにサドの専門家であるが、『ロラン・バルト、小説』（一九八九、本邦未訳）の他、「二つのオリエント」と題するバルト論がある（『ロラン・バルトの遺産』所収、みすず書房、二〇〇八）。

100　クリスチャン・ジャンベ（一九四九―　）とギー・ラルドロー（一九四七―二〇〇八）は、ともにフランスの哲学者。学生時代にはプロレタリア運動、毛沢東思想に熱中するが、のち前者はイスラム教哲学の研究に、後者は中世キリスト教徒の精神生活をめぐる研究に転じる。『天使――存在論と革命Ⅰ』（一九七六、本邦未訳）は、二年後に出る『世界――存在論と革命Ⅱ』とともに、著者たちの派手な豹変とみなされて評判を呼び、ベストセラーとなるが、著者たちはそうした受容を誤解として斥け、自らの一貫性を主張した。

101　ソレルスは、一九六〇年代後半から七〇年代半ばにかけて毛沢東の中国に関心を寄せ、七四年にはクリステヴァやバルトらとともに中国を訪問しているが、しだいにキリスト教色の強い哲学（モーリス・クラヴァルや新哲学者たち）に接近していく。「回心」はこの変化を指す。コンパニョンとロジェが揶揄的な批評を試みた『天使』の著者たちも、まさに類似の「回心」の動きを示している。

ていたら、私は「なお結構！」と明言したことだろうに。

ロンドンで、ナショナル・ギャラリーを訪れた際、ヴェロッキオ[102]の絵、あるいは彼の工房で制作されたかもしれない絵、「トビアスと天使」の前で不意に立ち止まった。フィリップとともに書評のために吟味したばかりの本のタイトルのせいかもしれない。天使ラファエルの手が、トビアスの手に触れることなくそれを掠（かす）めている。これを複製した絵葉書をロランに送った。天使の身振りは、ロランが原稿のなかで「非・占有願望」と呼んでいたもの[103]、つまり欲望を私心のない一種の「純粋な愛」へと昇華することを、じつに見事に表象していたからである。ロランはそうした愛を、ルスブロック[104]の語る神秘的奉献や、ニーチェにおける世界への同意、あるいは、ある種の東洋的道徳になぞらえていた。そんなわけで、手紙[105]のなかで彼は、われわれの関係の「禅的側面」に繰り返し言及している。生活の最も基本的な規範を、一般読者（ホイ・ポロイ）を怖気づかせるようなギリシア語で表現することを、彼は好んだ。あなたがその筋でないのなら［同性愛者でないのなら、の意］――シャルリュスならそう言ったことだろう――むだです、理解なさろうとするのは、というわけだ。ロランは、対象の理解を意味する、つまり制御と調節へのストア派的概念であるカタレプシスを、対象の捕捉を断念し、それを成り行きに委ね、対象との闘いを放棄するカタレイプシスに対置する[106]。後者のしるしのもとに繰り広げられていたわれわれの友情は、したがって、「禅」ということになるだろう。

その年の十一月のロランの誕生日に、ヴェロッキオの絵の一部を切り取った小さな複製を、彼の本が刊行されているスイユ社の「テル・ケル」叢書の縁取りと同じ茶色の額縁に入れて贈った。

102 アンドレア・デル・ヴェロッキオ（一四三五―八八）は、イタリア・ルネッサンス期の画家・彫刻家・建築家。レオナルド・ダ・ヴィンチの師。「トビアスと天使」は一四七〇年代の作で、レオナルドが制作に参加したと言われる。トビアスは旧約聖書「トビト記」に登場するトビトの息子で、盲目となった父親が昔メディアの地に住む知人に貸した十タラントンの銀を回収しに派遣される。この旅には天使ラファエルが同行し、トビアスは捕獲した魚から父親の目を治癒させる薬を抽出し、親族の娘と婚礼と祝宴を執り行ない、父親の金を無事回収する。

103 『恋愛のディスクール・断章』、一九七七／三好郁朗訳、みすず書房、一九八〇、三五〇頁。

104 ジャン・ヴァン・ルスブロック（一二九三―一三八一）は、中世フランドルの神秘家。高等研究院での恋愛のディスクールをめぐるセミナー（一九七四―七六）の二年目に、バルトはしばしばこの神秘家に言及している。

105 バルトがコンパニョンに書き送った手紙のうち、『恋愛のディスクール・断章』の準備に関わる十三通（最初のものが一九七七年六月二十三日付、最後のものが同年九月九日付）が、以下の書物に収められている。Roland Barthes, *Album. Inédits, correspondances et varia*, édition établie et présentée par Éric Marty, Seuil, 2015, p.351-358. バルトは八月十六日付の手紙で、イタリアに向かうコンパニョンに、書物の表紙にあしらうのに適した絵柄を当地の美術館等で探すよう依頼し、コンパニョンはヴェネツィアからある絵を絵葉書で提案するがバルトは気に入らない（九月九日付）。やがて、同年秋、コンパニョンはロンドンからヴェロッキオの「トビアスと天使」を提案することになる。

106 「カタレプシス」と「カタレイプシス」という対概念については、註96に挙げた、恋愛のディスクールをめぐる高等研究院での拡大セミナーの講義録三一七―三三二頁（一九七六年一月八日の講義）を参照。前註に挙げた一連の手紙で、バルトはコンパニョンとの関係を「カタレイプシス」に近いものと捉え、「関係の禅的側面」（八月十九日付）、「禅的規範にもかかわらず、あなたに苦労話ができればうれしいのだけれど」（九月九日付）といった表現をしている。

われわれがそれまでにあれこれ評したその絵が象徴する理想とは、このようなものだった——天使の手はトビアスの手を導くがつかみはせず、ラファエルとトビアスは手に手を取って歩くのではなく、ある距離を置いて歩く。本の表紙にあしらわれたのはこの絵だった。

画面左隅の、天使ラファエルの足もとに配置されたもう一つの象徴には、すぐには気づかなかった。一種の小型スピッツのような、忠誠を表す小犬である。ラブレーの第三の書では、ガルガンチュアの犬が当然のようにキーヌ［犬の意］と呼ばれるのは、トビアスの犬の名前だからとされているが、旧約聖書のトビアスは、単に〈犬〉と称する飼い犬を伴って、演説屋で詐欺師のパニュルジュとはいわば正反対のタイプとして登場している。

コレージュ・ド・フランスの狭い八番講義室で行なわれたロランの就任講義に出席した。かつてはベルクソンの講義を聴くのに、御婦人たちが押し合い圧し合いした部屋だ。講義が終わると、人と交わる気がせず、ユセフかジャン＝ルイの家で開かれる小さなパーティーには参加しないで、観に行くものがあることを口実にして姿を消した。語ることを強いる言語のファシズムをめぐるロランの長口舌に、私は賛同できただろうか？　むしろ驚いた。それまで彼から受けてきた教えに合致しないように思えたからだ。文学、詩、エクリチュール、テクスト主義は、言語を迂回させること、それがわれわれに言わせようとする内容とは異なることを言語に言わせることを可能にする、と彼は説いていたではないか。しかも、その日の講義のなかでも、直後に彼はそう断言したのだった。しかし聴衆は、それに先立つセンセーショナルな断言に対するほど、その点には留意しなかった。

もともと、恋愛のディスクールの下書きのなかでは、彼はただ、フランス語には（男性でも女性でもない）中性が、彼が求めてやまない中性というものが存在しないので、語るときにはつねに男性形か女性形かで語るよう言語がわれわれを強いるという拘束について考えていたにすぎない。だから彼は、恋愛の主体についても愛される対象についても、その性を特定しない（まだこの言葉はなかったが、「性別化し」ない）ようにするという自分の選択について説明した。こうした作為や気取りは、読者が同性愛者であるか否かに応じてさまざまな読み方へと開かれているこの本の及ぼす魅惑の形成と、けっして無関係ではない。カミングアウトの時の鐘はまだ鳴っていなかった。彼は扉を少し開けたにすぎず、言語のファシズムとやらをあまり字義どおりに受け取ってはならなかった。

その初回講義の題を考案しなければならなくなったとき、二人で議論し、単に「講義（ルソン）」としてはどうかと、語源[107]を根拠に提案した。「タイトルはあなたのもの！」――私に送ってくれた本に彼はそう記した。そんなわけで、私の番が来たとき、できるものならそうしたかったのだが、自分の就任講義に同じタイトルを使うわけにはいかなかった。もしわかっていたら、彼に講義タイ

107　講義 leçon の語源は *lectio*、すなわち、摘み取り、読み取り、読書の意。

トルをささやいたりしなかっただろうに。

しかしながら、ほどなく、コレージュでの授業は、彼に重くのしかかる隷従となった（ベルクソンも早々に代講者を立てた、当時はそれが可能だったからだ）。恋愛のディスクールをめぐる本の刊行と、それに続くフランソワーズ・サガンや『アンジェリック、天使たちの侯爵夫人』の著者[108]との「アポストロフ」[109]出演が、まさにコレージュでの講義を始めようとしていた時期に、彼に非常に強固な名声をもたらした。それは、教室から溢れるほどの聴講者を呼び寄せた。ロランは、録音装置が林立するなか、居心地の悪い、迷惑な条件のなかで講義した。マイクロカセットの流行が、猛威を振るっていた時代である。三十分経つと聴講者たちは、多少とも同調して、遠慮なく演壇まで来てその上に置いた小さな録音機のカセットを裏返す。教授は、その操作をさせるために、一瞬話すのを中断した。この中断を利用して、フーコーが一人の青年の気を惹くべく、微笑しながら「立派な一物をお持ちだね！」と言ったという噂が流れた。この逸話が信じるに足るものだとは思えない。いずれにしても、ロランはその種のことをする質ではなかった。

私はコレージュでの講義にはほとんど出なかった。ロランは周囲の者に、来るには及ばないと言っていた。私に対してはすでに、真意のほどはわからなかったが、トゥルノン街でのセミナーの二年目に出席するよう勧めることはしなかった。同じく、コレージュの講義に来ることを勧めず、サーカスか縁日みたいなものさ、早くに到着しなければならないからね、と言うときに、そうは言いながらもやはり、講義中目の前に友人たちの顔が見られるように、開始時間のかなり前に到着する努力をすることがうれしくありがたいことなのかどうか、確信が持てなかった。彼の来なくてよいという言葉が究極の思いなのか、判断するのはむずかしかった。だから私はときどき八番講義室に出かけたのだが、聴衆はかなり若く、あまり堅苦しい雰囲気ではなかった。

コレージュでの彼のセミナーにも参加することがあった。たしか一年目から、私の口頭試問の直後に講演を行なった。私は引用をめぐる研究を終え、インスピレーションというもう一つの発話様式に関心を寄せていた。ロランのセミナーは「弁舌を振るう」（彼は自らそれを行なうのを恐れていた）と題され、インスピレーションをめぐる種々の理論（感激、偏執、詩的激情、さらには異言（グロソラリア））が、この問題へのよい入口となってくれた。私の発表はまずまずうまく行った。そ

108　『アンジェリック、天使たちの侯爵夫人』は、ルイ十四世の時代を舞台とし、「天使たちの侯爵夫人」という愛称を持つ架空の人物アンジェリックをヒロインに据えたアンヌ・ゴロン（一九二一―　）の歴史小説シリーズ。第一巻が一九五六年にドイツで、翌年フランスで刊行され、八六年までに十三巻が刊行された。当初は夫のセルジュが協力し、共著として刊行された。出版社の改竄をめぐる係争で勝利を得た二〇〇五年以後、自作を全面的に書き直す作業に着手し、これまでに六巻が出ている。映画化やコミック化も繰り返し行なわれている。一部邦訳があり、コミック十五巻が出ている（いずれも講談社刊）。

109　フランスのテレビ局「アンテーヌ2」で、一九七五年から九一年まで、ベルナール・ピヴォーの司会で放送されたテレビ書評番組。毎回、文学を中心にさまざまな分野における話題の新刊書の著者数名に、互いの本を予め読ませたうえで論評させる教養番組で、作家の一挙手一投足を間近に見る興味と、ピヴォーのテンポのよい司会ぶりで人気を博した。

の場所で発表するのは初めてで、もちろん準備はしすぎるほどした。本気で話を端折らなければならなくなり、その結果わかりにくいものになってしまった。

講義やセミナーは、なぜだか記憶していないが、土曜日にずらされていた。ロランの声を聴くことしかできなくとも、土曜日なら、コレージュの別の教室にも聴衆を収容できたからかもしれない。そうした講義やセミナーのあと、高等研究院時代によく行ったトゥルノン街の小さな中華料理屋に皆で昼食に行った。内輪の集まりで、なかでもルノー・カミュが最も精勤の聴講者の一人だった。ロランは微笑を浮かべてはいたが、新たな職務のなかで喜色に溢れてはいなかった。そうした何度かの昼食には、どこか郷愁的な空気が漂っていた。

ひとたびスリジーから解放されると、ロランは母親とユルトに下った。母親にとっては、それが最後の夏になろうとしていた。彼女は、昨年私が訪ねたときよりもはるかに弱っていた。ある手紙でロランは、彼のおびえは「全体的かつ恒常的」と告白し（ボードレールが母親に宛てた手紙のなかで言う「果てしのないおびえ」を想起させる）、ほとんど仕事をしておらず、してもうまく行かず、〈中性〉をめぐる講義の準備に苦労していると告白している。〈故障〉状態にあるので、それでも毎日少しは書くために、そして今はそれしかできないように思うので、一種の日記を書きはじめたのだった。二年後、彼の日記の断章が『テル・ケル』誌に掲載されることになるが、それらの日記は、ペンが鈍らないように日記を書き始めたと私に知らせてきた日から数えて、わずか三日前に始まっている。

あの暗鬱な夏の手紙は、ロランが好んで添えた色鉛筆の斑模様でもはや飾られてはおらず、今それらを読み返すと、当時は十分に感じ取れなかった、あるいは十分深刻に受け止めていなかった一種の不安が、ありありと見て取れる。ロランは自分の状態全般を鬱的と形容し、彼の人生にはそれまで不幸というものがなかったことを認め、執筆と哲学の危機を語り、自分の無力を告白し、それを危機ないし砂漠と形容したが、また空虚への通過儀礼とも形容していた。母親の死に先立って、すでに新たな生活（ヴィタ・ノーヴァ）の幻想が、トンネルからの脱出として、最後の希望となる前に母親の死への準備として、すでに現前していた。われわれには、それをもっとよく聞き取ることもできたのだろうか？　三十にも満たない私には、自分の倍以上年齢を重ねた年長者を助けることはできなかった。

ロランの仕事ぶりをこの目で見たことは、いつまでも消えない刻印を私に残した。彼にあっては、外部からの要請が研究を方向づけていた。彼は状況から想を得る作家だった。彼の著作の大半は注文への応答だからだ。これはすでに述べたことだが、もともと博士論文にする予定だった『モードの言説に関する作品』[110]に並ぶ例外としては、恋愛のディスクールの形姿（フィギュール）以外に思い当たら

110 『モードの体系』、一九六七／佐藤信夫訳、みすず書房、七二。

ない。それは、とりもなおさず、彼はこの本を一個の必然として書かずにはいられなかったということだ。ロランのような作家の芸とは、戦略家の芸である。それは状況を活用することを心得ている点、機会を、カイロス[111]〔機好〕――この概念をわれわれはよく話題にした――を捉えることができる点にある。彼の世代では、ロランはその慧眼によって、作家に備わる天与の嗅覚によって、傑出していた。英語から借用したセレンディピティ *serendipity*〔幸運をつかむ能力〕という語（イギリス人、ホレス・ウォルポール[112]がペルシアのコントから捏造したものだが、このコントはヴォルテールのコント『ザディーグ』〔一七四七〕の発想源にもなっている）が、今日幸福な偶然を指す用語として流行している。しかしそれをそうと認識する芸がなければ、幸福な偶然などありえない。ロランは動向を最も的確に予感する一人だった。

　彼が反復や変奏を混ぜながら、あたかも非常によく統御された即興のように、二年続けて手がけた進行中の作業（ワーク・イン・プログレス）、恋愛のディスクールをめぐるセミナーが続いていた時期、われわれは、今まさに一つの忘れがたい経験を生きており、ロランは充実の極みにあるという印象を持った。おそらく、われわれの思い込みや軽率な熱狂もいくぶんはあっただろう。何しろ、だれもが自分がセミナーに出ているときのロランが最高だと思っていただろうから。それでも私は、この考えにこだわる。恋愛のディスクールの形姿（フィギュール）を練り上げていた二年間というもの、ロランはいわば内面の火によって霊感を受けていた。

　そのあとコレージュでは、まず「いかにしてともに生きるか」と「中性」に関する講義のなかで、その魔法を再現しようとした。これらの講義は、恋愛のディスクールをめぐる研究の続きのように、「中性」の語で彼が了解していたものに最も近いカタレイプシスまたは「禅」の道徳に向かっての進展のように見えた。小説の準備をめぐる講義は、まさにカサブランカ滞在の時期に起こった回心に続く、新たな出発の企てである。しかし魔法は解けていた。理由はいくつかあるが、最も陳腐なものは、あの陰気な八番講義室では、トゥルノン街のセミナーのひっそりとして親密な雰囲気の再現は無理だったことである。

ロランは母親を亡くしていた。恋愛のディスクールをめぐる研究を司っていた熱狂的昂揚は冷めていた。深いメランコリーがあらゆる瞬間を覆っていた。恋愛をめぐる本とともに、ロランはロマン派とみなされ、その誤解をベースに新たな読者層を獲得していたが、それはそれまで彼に付いてきた少々ひねくれたインテリよりも感傷的な若者たちだった。この新たな心酔者たちの要求を満たすのも、容易ではなかった。ロランは著名人になっていたが、それには利点だけでなく不都合もあった。人々は何かにつけて彼に意見を求め、対談の約束を取り付けた。彼はぶつぶつ言いながらも、要求に折れた。

111 この概念は、「中性」をめぐるコレージュでの二年目の講義（一九七八年五月二十七日）で大きく論じられている（『〈中性〉について』二〇〇二／塚本昌則訳、筑摩書房、〇六、二八五―二九二頁）。

112 ホレス・ウォルポール（一七一七―九七）は、イギリス初代首相とされるロバート・ウォルポールの三男で、貴族政治家・小説家。代表作は、ゴシック小説『オトラント城奇譚』（一七六四）。

他人に請われるがままに引き受けたものの結局は辞退することに、彼がある倒錯的な快楽を感じていたとさえ思う。たとえば、熱烈に彼を追いかけ、番組に招待し、休みなく彼を出演させようとするフランス・ミュジーク〔クラシック音楽中心にジャズも流すラジオ局〕の女性プロデューサー兼司会者〔クロード・モポメ〕に関して、彼はひどくこぼしていた。ロランの話は、たえず彼女の話題に戻っていった。彼女はロランの神経に障り、彼は彼女のことをじつにしつこい女のように語っていた。それでいて何度も彼女に会っていた。彼なりに彼女を必要としていたのだ。ロランの晩年、二人はいくつかのすばらしい番組[113]を作った。ロランはこの寛容な女性についてあれこれ悪口を言い、この婦人は彼の意図をずっと誤解していたにもかかわらず、おそらく二人は心を許し合った友人になっていた。

われわれの友情もまた変化していた。揺るぎないものにはなったが、以前ほど親密ではなくなった。彼の最晩年の二年間の手紙は、それ以前のものほど数多く見つからなかった。ユルトに長期にわたって出かけることがうんと減り、手紙に変わって電話で用を済ますようになったことは事実だ。彼のメッセージの一つは、迷惑な依頼を避けるためにいわゆるレッド・リストに入ること、つまり電話番号を非公表にすることを決意したあとで、新しい電話番号を通知してきたものだ。私は成熟を遂げ、もはや単なる若者ではなかった。われわれの間では、もはやいかなる感情の混乱[114]も起こる余地はなかった。われわれは相変わらず「あなた（ヴー）」で呼び合っていた。彼が

「君(チュ)」で呼び合うことを提案してきたとき、友人になったとはいえ、依然師として敬っている人を「君」呼ばわりすることを拒んだからだ。それでも、彼が以前よりも脆くなったと同時に私自身が自信を付けたので、彼に対して多少の権威を持つようになったという自覚はあった。ロランは相手を威圧する人間ではなかった。自らの価値を心得ながら、自分を押し出すことはなく、疑念や自信のなさを打ち明けるのをためらわなかった。私は彼のかたわらで、ものを書くとはたいへんな苦役であり、何冊もの本が首尾よく書けたとしても、次の本がうまく行くとは限らないことを学んだ。人を謙虚にする教訓だった。私には驚きだったが、スリジーでの研究集会の企画に関しても、恋愛のディスクールの表紙に関しても、就任講義のタイトルに関しても、彼は私の助言に従い、私の主張を認め、私に同調した。

　ロランは、彼の不正確で大まかな点を指摘し、彼の間違いを正そうとする友人たちに、時として激怒することがあったらしい。私自身はそのような経験を一度もしなかった。もう少しあとになって（正確にいつだったかは言えないが、彼の母親の死後だ）、モロッコをめぐる断章を私に

113　バルトがクロード・モポメを相手に、好きな音楽について、自らが選んだ演奏の抜粋を挿みながら語った次の二つの対談が知られている――「自分本位のコンサート」（初回放送一九七八年一月十五日、二時間十三分）、「どんなふうに聴きますか?」（バルトによるシューマン）（初回放送一九七九年十月二十一日、一時間五十四分）。

114　同性愛者の教授が愛弟子ローラントに心の機微を告白する、シュテファン・ツヴァイクの中篇小説「感情の混乱」（一九二七／『女の二十四時間』所収、高橋健二訳、新潮文庫、一九五〇）を踏まえるか。

読ませたときにも、やはり私の意見に折れた。彼はその原稿を自らタイプ打ちしてあり、それを出版するのが、しかもすぐに行なうのが時宜に適っているか自問していた。薄い紙束の入ったフォルダーが、今も目に浮かぶ。彼が複数の取り巻きに相談したこと、私にだけ意見を求めたわけではないことは知っている。また、われわれが全員同意見ではなく、むしろ見解が分かれたことも知っている。モロッコをめぐるその原稿を読み、私は刊行の延期を勧めた。すると彼は、それを実際に書類のなかに戻した。彼がそのころ、パリの夜をめぐる、同じく明確で無邪気な、よく似た性格の一種の日記を企てていることは知らなかった。彼の強迫的な男漁りのことは、思いも寄らなかった。没後に出たいくつかの刊行物が明かすことになる、彼の時間割の間隙には通じていなかった。住まいのある建物の下まで送っていったとき、彼はアパルトマンに上がってベッドに横たわり、彼自身が語っているように、フランス・ミュジークを聴きながら『墓の彼方からの回想』か『モンテ・クリスト伯』を読んだものと思っていた。彼がもう一度外出し、獲物を狙って界隈を徘徊することなど思いもしなかった。それに、彼の冒険譚には作り話がどの程度混じっているのだろうか、という疑問が今もある。

モロッコでの軽挙を語る断章は出版せずに手元に置くべきだ、と忠告したのは、それが私の羞恥心を傷つけたためだろうか？　それはわたしのためらいの説明にはならない。その類のものを読んだことがあったし、他人の反応も見ていた（フランソワは彼が編集者としてスイユ社から出した、サド・マゾ的できわめて倒錯的な物語について、最上級的な讃辞を並べ立てていた――そのタイトルも著者名も思い出せず、今後思い出せる見込みもない。彼が贈呈してくれたその本は、女友達が借り出したまま戻してこないからだ）。ありていに言えば、数十年間秘密にしてきたあと、母親の死に続いてカミングアウトするというのは、陳腐ではないにしても、型にはまったことのように思われた。彼の母親は、死ぬまで二人の息子をそばに置くことのできた女性である、けっして世間知らずではなかった。それにはいくつかの便法が必要だった。ロランが若い男を次々と彼女に紹介するようになった四十年前から、世間体が損なわれないかぎり、彼女は見て見ぬふりをしてきた。ところが、今や、ルノー・カミュの『トリックス』――それを著者は私に、親切にも「わがバルト関連文献を補完すべく」という献辞とともに贈ってくれた――の序文を書くに及んで、ロランはクローゼットの扉を半開きにした[115]が、まだ仮面をすっかり剥ぎ取りはしなかった。

しかしながら、彼の性的指向は、彼に少しでも関心を寄せる者には、何ら不可解なところはなかった。私はいつそれを見抜いたのだろうか？　理工科学校への準備学級で、ベートーヴェンの音楽に関する彼の短い文章を要約したときでないことはたしかだ。きわめて科学的な、彼の初期の本を発見したときでもない。彼のセミナーへの登録を願い出たときには、おそらく以前ほど

115　「カミングアウト」に当たるフランス語表現は « sortie du placard » で、これは文字どおりには「（身を隠していた）クローゼットから出ること」を意味する。

初心ではなかっただろうし、彼を取り巻いていた連中はかなり公然とゲイであった。カフェでロランがホールを横切る若い男を、凝視するのではなく、放心したように目で追うふるまいを見れば、だれにも誤解の余地はなかっただろう。私自身、セミナーへの再登録について相談するのに彼が指定したポンロワイヤル・ホテルのバーで待ち合わせた日に、自分が何を着ていたか思い出せるのは、まさにその日、自分がロランにそんな様子で見つめられているのを感じたからだ。ロランの流儀で語るなら、情熱の支配のあとに自制のときが到来していた。しかしながら、この時点で――モロッコでのできごとをはじめて読んだ時点のことだが――私には、公然の秘密をさらけ出すことの緊急性が感じられず、今しばらく母親に信義を尽くすことを求めた。

ロランが死んでから数年を経て、モロッコをめぐる断章をフランソワが読者に提供した。ロランの異父弟ミシェルは、それに反対しなかった。この公表は、時期尚早に見えたし、たとえば、密かに出回っていた録音をもとにコレージュの講義録を出版することはまかりならぬという禁止を遵守させることに気を配りながら、他のことでも商売人たち相手に細心綿密な闘いを繰り広げていたフランソワのふるまいとしては、人を戸惑わせた。ベルナール＝アンリ・レヴィがテープから起こした講義の一部を彼の主宰する雑誌に掲載するということが起こったあと、フランソワから、スイユ社の弁護士のために手紙を一通書いてもらいたいという依頼を受けた。たとえば新聞・雑誌の対談を全面的に改稿していた点に見られるように、ロランは自分の発話を入念に書き直すのが常だった（彼の原稿を見ればそれはすぐ納得される）ことを証言してほしいというのである。もしフランソワがモロッコ関連の断章について私の意見を求めたなら、ロランの最もプライベートな未発表テクストを読者の目に供そうとするのはいささか時期尚早だと答えたことだろう。これに比べれば大胆不敵さの点ではるかに劣る講義録の出版に関して、彼の言いなりになって反対したことを悔やんだ。常識を無視し、ラカン的位相構造が急激な反転を可能にしていたこの偉大な精神の思考の脈絡には、ときに人を困惑させるものがあった。のちに喪の日記[116]の出版をミシェルが許可したとき、すでに第一線から退き、一貫性などあまり意に介さなくなっていたフランソワは、ロランの私生活の蹂躙として烈しく糾弾した。

いずれにせよ、友人たちの意見を求めたあと、ロランはモロッコでのできごとを当座は公刊しなかった。彼の「パリの夜[117]」も同じく、フランソワがそれに付与した形での出版を想定して書かれたものではなかった。ロランはどこかで——どこだったか忘れたが——私が彼を採点することになったと語っている。学校の先生が生徒の宿題を採点するように、彼が読ませたあるテクストに私が評点を付けたらしい——「アントワーヌが二十点満点で十四点をくれた」と。あるいは「二十点満点の十二点」だったかもしれない。あまりよい点数ではなかった気がするからだ。問題のテクストとは、おそらくはモロッコ関連のものだった。この採点のエピソードは、私はもう

116 『喪の日記』二〇〇九/石川美子訳、みすず書房、〇九。
117 「パリの夜」は、モロッコをめぐる断章(邦題は「偶景」)と同じエッセイ集に収録された(『偶景』一九八七/沢崎浩平・萩原芳子訳、みすず書房、八九)。

覚えていないが、どうやらロランをおもしろがらせたようだ（そこにはもちろん遊戯の部分があった）。だが、彼はあえて抗議はしなかったものの、おそらく苛立ちもしただろう。

そのころ、われわれの仲を乱しかねない、別種の小事件が持ち上がった。このエピソードはわれわれ二人しか知らず、私は今にいたるまでだれにも口外していない。それは私がやらかしたへま、またはロランが一個の過ちとみなしたふるまいを受けて、彼が私に苛立つのを見た唯一の機会だった。博士論文の口頭試問を済ませたあと、私はそれを一冊の本にしたいと思い、ミニュイ社の「批評」叢書に入れてもらえないかと、ジャン・ピエルに原稿を渡していた。私は三年前から『クリティーク』誌に寄稿しており、さらにピエルはこの雑誌の編集委員会に私を引き入れていたので、こうした成り行きはごく自然に見えた。私が書くことを学んだのはそこであり、最初の校正刷りに手を入れたのもそこだった（校正刷りが郵送されてきたとき、校正記号がコード化されているのを知らず、まったく我流で修正してしまった）。ジャン・ピエルは、私に対していつも寛容だった。バタイユやマッソンやレリスをはじめ、クノーやランブールのような、彼がよく知っていた他の数多くの作家について彼と交わす会話は、しばしば私を夢中にさせた。それで、自分の最初の原稿を彼に見てもらうことにしたのだ。「批評」叢書は、彼が財務省を退職してから始めた叢書であるが、その素晴らしい目録には、ドゥルーズ、デリダ、セールをはじめ、私を形成してくれた作家たちがずらりと並んでいた。ピエルは即座に、ジェローム・ランドン[118]にそのまま委ねるには分量が多すぎるので、大きく刈り込むことを要求した。

私はその作業に取りかかったが、それと併行して、おそらくはロランとの会話のあとだったと思う、原稿をフランソワ・ヴァールにも託した。ロランは昔から『クリティーク』と関係があり、一九五〇年代半ばにロブ゠グリエの小説に関する決定的な論文を何本か発表していた。その時代は遠い昔となり、当時ヌイイの、ピエルと同じアパルトマンに住んでいたロブ゠グリエは、ロランをいらいらさせていた（彼はクリスチャン・ブルゴワ出版から例の小冊子を出したばかりだった）。ロランがピエルのことを、かつての文学生活の記憶を有しているという理由で、私と同じ流儀で評価していたとは思わない。とにかく、彼はフランソワのほうに近く、けっして人に指図する物言いをしない人だからあからさまには言わなかったものの、私の本がスイユ社から出るほうがよいと思ったはずだ。フランソワは早々に肯定的な返事をくれた。原稿を切り詰める作業にすでに着手していたので、少なくともある程度は、といってもピエルが望んだほど大規模ではなかったが、それでも刈り込み作業を順調に済ませた。フランソワが助手に雇ったところだったジャン゠リュック・ジリボーヌと作業を進めた。ジャコブ街の屋根裏部屋に通じる老朽化した階段を昇っていくと、よく二人そろってそこにいた。あの本の制作を振り返り、いま本を一冊出すの

118　ジェローム・ランドン（一九二五―二〇〇一）は、一九四八年から死ぬまでミニュイ社を率いた出版人。ヌーヴォーロマンの作家を売り出すとともに、サミュエル・ベケットとクロード・シモンという二人のノーベル文学賞受賞者を出した。

にかかる時間を思うと、当時の出版がいかに迅速だったか驚きの思いにとらわれる。すべてが数ヵ月で手早く片付けられたから。ピエルは、私が最初の本の刊行をめぐって、スイユ社と話をつけたことに失望した。この本が引用されるとき、同じスイユ社の「詩学(ポエティーク)」叢書から出ているかのような表記になっていることがときどきある。ところが私は、この叢書の責任者たちとさして親密な関係を持ったことは一度もない。それはおそらく、私がロランの弟子たちの次の世代に属しているからだろう。私の口頭試問のとき、ジェラール・ジュネットは博論が長すぎることに不平を洩らし、それを読むのに徹夜を強いられたと嘆いた。それもまた、彼に私の原稿を託す考え[119]が浮かばなかった理由である。

この出版がいったん軌道に乗ると、今度もまたロランから譲り受けたオリヴェッティの電動タイプで、断章形式の短い物語に着手した。何年か前から、これを書くためのメモを集めていた。このテクストは、幼年期の終わりにおける母の死と、最近起きたジュリエットの自殺をめぐるものだった。それは書かずにはいられないものになっていた。まだ寄宿生のころ、『青空』のなかに、「どうしてぼくらは、作家が痛切な強制を感じなかったような書物にかかずらって手間を取ることがあろう？[120]」というバタイユの一文を読んで以来、これを一つの規範にした。そしてバタイユに倣い、そのような必然に答えているあらゆる本を敬虔な心持ちで読んだ。それはたとえば、スタンダールやプルーストの、ドストエフスキーやカフカの小説である。あるいはエミリー・ブロンテの『嵐が丘』、これは私にはバルチュスのイラストと切り離せないが、すでにバタイユにとってもそうだったのかもしれない。さらには、あの見事な、心かき乱すブランショのレシ『死の宣告』[121]。これはバタイユにロールこと、彼の連れ合いのコレット・ペニョの最期を想起させた小説だ。私自身にとっても、いま話題にしているテクストを書いていた時期にどっぷりと浸かったあと、周期的に没頭して読み直す貴重な本である。バタイユの推薦にもかかわらず、すでに述べたように、サドだけはなじめなかった。ロランをバルザックの中篇『サラジーヌ』へと導いた[122]のは、あるいは引き戻したのは、この短い本のリスト、バタイユが作成した、著者が痛切な強制を感じながら書いた本の目録である。ちなみにバタイユは「サラジーヌ」« Sarrazine »と、二つ目のsをzと綴っている。

今や博士論文を済ませたのだから、何の懸念もなく一つの物語の執筆に専念する権利があると感じた。学位論文や『クリティーク』誌に載せる論文とは違うものを書くことを放棄してはいな

119　すでに何度か言及されているジェラール・ジュネット（一九三〇― ）は、ツヴェタン・トドロフ（一九三九― ）とともに、スイユ社の「詩学（ポエティーク）」叢書の責任者。また、同名の雑誌を一九七〇年に創刊した。

120　ジョルジュ・バタイユ『青空』一九五七（執筆は三五）／天沢退二郎訳、晶文社、一九六八／新装版一九九八、八頁。

121　モーリス・ブランショ（一九〇七―二〇〇三）の『死の宣告』（一九四八／三輪秀彦訳、河出書房新社、一九七一）は、四人の若い女性との交渉を通して、死をめぐる考察を繰り広げた小説。

122　言うまでもなく、バルトの『S／Z』（一九七〇／沢崎浩平訳、みすず書房、一九七三）は、言語学的視点からの『サラジーヌ』の詳細な構造分析の試みである。

かった。春の終わりに仕上げたこの短いテクストを、セバスチャン・ボタン街〔ガリマール社〕に赴き、ジョルジュ・ランブリック宛に置いてきた。[123]「道（シュマン）」叢書と、それに結びついた雑誌『カイエ・デュ・シュマン』とは、私の目には、少なくとも当時は、まさに文学そのものと映っていたからだ。それに、もうあまり読まれなくなったが、『絶対的関係』や『細い絆』、さらには『メジェリー』といった彼の短い物語、謎めいて彫琢を凝らしたポーラン張りの寓話と呼べるものだが、それらも好きだった。「道」叢書の責任者は、じつに迅速に、数日のうちに連絡をくれた（私の原稿は読むのに大した時間はかからなかった）。目を閉じると、小さな近視用眼鏡を掛け、小さな帽子を被り、レインコートを着込んで界隈を歩き回る彼の姿が浮かぶ。それに彼の筆跡も。ロランの字よりも細く、鋭いが、それほど滑らかではない筆跡だった。彼は会いたいと言い、約束はできないが、魅了されたということだった。

その夜、ロランと夕食をともにした。私は自分の原稿のことを話し、ジョルジュ・ランブリックのすばやい反応を伝えた。彼は不意に動きを止め、青ざめ、一瞬黙ってしまった。やがて口を開くと、そんなことはありえない、フランソワにそんな侮辱を働くなどもってのほかだと言明した。私は、スイユ社と結んだ契約はいわゆる「優先権」を含んでいるが、「評論」のジャンルでの話であり、「小説（フィクション）」のジャンルには該当しないことを指摘した。字面はそうだが、精神というものがあると、私が約束を破ったことをほのめかしながら、ロランは反論した。私は愚かにも、自分が気づかないうちに、禁を破ってしまっていた。ロランの目に神聖なものと映る一つの価値を、これまでずっと彼の本を出してきた出版社への愛着を、その出版社で昔から高圧的で気まぐれな交渉相手を務めてくれている人物に対して、彼が遠回しに反逆しながらも示している従属を、私は侵害してしまった。このときだけは、まるで自分が彼を欺いたかのように、本物の誤解の壁が立ちはだかっている印象を持った。ロランは以前、ジョルジュ・ランブリックと付き合いがあったのだろうか？　ガリマール社との過去の関係が不快なものだったのだろうか？　この点は当時まったく知らなかったし、今も大して情報が増えたわけではない。ただ、『零度のエクリチュール』がクノーの目に一冊の本にするには短すぎると映ったこと、ポーランがロランをマルクス主義者扱いし、『現代社会の神話（ミトロジー）』について悪意のこもる非難をしたこと、その後ロランは『新フランス評論』への寄稿の誘いには応じなかったことは知っている。それにしても、今回の件での彼の反応は極端に見えた、つまるところ、友情に欠けるように思えた。

先に、怒っているロランを見たことがないと述べた。いま話題にしている一件での彼の昂ぶりは、怒りとは異質だった。彼は意向を妨げられ、困惑し、不安な様子だったが、苛立ちとは少し

123　ジョルジュ・ランブリック（一九一七—九二）は自ら作家でもある編集者。ガリマール社の「道（シュマン）」叢書を担当し、ヌーヴォーロマンや構造主義とは一線を画した新しい文学の発掘に努めた。一九五九年から九二年まで、ル・クレジオの処女作『調書』（六三）をはじめ、二百八十四点を刊行した。また、一九六七年から雑誌『カイエ・デュ・シュマン』の編集長を、この雑誌が『新フランス評論（ＮＲＦ）』と融合してからは、そちらの編集長を務めた（七七—八七）。

違っていた。われわれは仲たがいしたまま別れた。セルヴァンドーニ街まで送っては行かなかったと思う。この夕食は散々な結果に終わったが、翌日がなおひどかった。電話が鳴る。フランソワだった。ロランは、私に断わりなく、朝からフランソワに電話をかけ、私の罪深いふるまいについて注意を促したのだった。フランソワは私を脅した。その日のこれに続く顚末はよそに書いた[124]。歩きながら考えるのに外に出た。道端で八百屋のおかみが、挨拶もしないで悪漢のように急ぎ足で通り過ぎる私を見て、どうしたんだい？ と尋ね、そばに引きとめた。それで私は、昂ぶる感情と午後の終わりの時間を、彼女の客のためにジャガイモやネギを量り売りすることに費やした。それで気分が落ち着き、取るべき行動を取ることができた。ランブリックに情けない手紙を書いたが、彼はこの未熟な不手際を許さなかった。数年後そのことを私に知らしめた。そうして私の薄い物語は、スイユ社の、ドゥニ・ロッシュが統括する叢書「フィクションと仲間」の枠で刊行された[125]。ドゥニ・ロッシュと協力するのは楽しく、彼への大きな親近感は今も変わらない。

小さな危機は最善の解決を見た。ジャンルを異にする私の二冊の本は、その年のうちに出版されたが、あまり評判にはならなかった。売れ行きは芳しくなく、書評も少なかったが、私の本が図書館に並び、私は物書きの道に踏み出した。ロランが見せた態度は、フランソワにこっそりかけた電話を含めて、私には不可解なままだった。私の名誉の保証人としてふるまったのだろうか？ 彼を失望させたのは恥ずかしかった。本書ではわれわれの友情に関して多少とも誠実な話をしているのだから、私としては、このエピソードで自分がロランを恨んだことを認めなければならない。

その夏に、翌年の夏ではなかったとすればだが、ロランがパリの夜をめぐる日記の冒頭で語っているアブキール街［パリ二区］での夕食会があった。数年続けて八月に、パトリツィア（ロランはパトリシアと綴った）が、シャルル五世時代の城壁を取り囲む堀に造成された古風で美しいサンティエ街［パリ二区、アブキール街に隣接。夕食会が開かれたのはこちら］に住まいを借りた。ヴァカンスの間ずっとパリから離れる建築家の友人たちのアパルトマンだった。まだ既製服の工房が立ち並び、日が暮れるとたちまち暗くなるこの界隈の、かなり荒廃した建物にあって、そのアパルトマンは人の住まいになっているまれなアパルトマンの一つだった。建物は十八世紀のもので、どの部屋もかなり広く、玄関扉を開けると一列に連なって一望できた。この住まいは、改修されておらず、暖めるのがむずかしいので、冬場はさほど心地よく迎えてはくれないだろうが、真夏に滞在するのは格別に快かった。それはまだ、八月になるとパリに人けがなくなるものの、田舎での二度の休暇の間にだれもがパリに戻ってくる時代のことで、われわれは毎晩大勢で夕食を取った。

124　自伝的レシ *La Classe de rhéto*（『修辞学級』、ガリマール社、二〇一二、本邦未訳）。

125　Antoine Compagnon, *Le Deuil antérieur*（『先立つ喪』、スイユ社、一九七九、本邦未訳）。

　ロランもある夜、その一人だった。その夜は、パトリツィアと私のほかに、友人のフィリップとフレデリック（以前私の弟の恋人だった女性）がいた。その夜をめぐるロランの物語（レシ）は詳細である。いま手元にないが、記憶に留めているその夜の印象を掻き乱したくないので、むしろ参照しないほうがよい。彼が来訪した日は日曜だったので――たしかそうだった――界隈はいっそう閑散としていた。もっとも、八月十五日ごろのアブキール街では、毎日が日曜日めいた陰気な外観を帯びたのかもしれないが。しかもユルトからやって来たロランは、際立ってむっつりしていた。毎朝、通りを下ったカイロ広場で、いわば奴隷市場が開かれていた。労働者の多くがスリランカ人で、荷物運搬係らしい隆々たる筋肉を、その日の仕事のために売るのだった。少し時間が経つと、布地のロールや衣服の入った段ボール箱を山のように積んだ荷を持て余しながら、汗だくになって押していく彼らの姿があった。ロランが招かれていた時刻には、その方角には趣のあるものはなかったが、着くのが早すぎた彼が無意識に向かった北のほうは、リューヌ街やクレリー街と接していて、そこはパリで最も奇怪な一角の一つだった（これら二つの通りはこのうえなく尖った鋭角をなしている）。ロランはこの場所の魅力には気づかなかったようだ。パトリツィアが準備したローストビーフはあまりにレアだった。われわれは若く、赤い肉を貪り食う二組のカップルだった。そして平板な話を交わし合い、それを一つのジャンルに仕立て上げながら彼を退屈させた。というのも、われわれの親しい友人のなかに、真面目な顔で冗談を言ってのけるのが一人いて、これはのちに学識ある大学人になった人物なのだが、この男が平板な話の名人であることを、ロランに知らせていなかったからだ。この男は、たとえばバルタールの建てた〈市場（アール）〉の破壊に反対するデモを[126]ジュール街［消防士の宿営がある］の消防士と友好的に行なうといった、われわれのこのうえなく小説的な冒険を、そんな素振りは見せずにいかにも散文的で平板な話に変えてしまうのがうまかった。ロランは、なぜ平板な話がそこまでわれわれを夢中にするのか知らず、愚かしい連中を見る目でわれわれを眺めていた。われわれは、彼が悲しい気分のときに嫌ってやまないものを、まさにそっくり体現していた。こうしてその夜の集まりは不調に終わった。

モロッコでの小事件に関するテクストは読んでいたが、フランソワによって出版された日記［「パリの夜」］のなかで、アブキール街でのわれわれの夕食会の記述に続く痛ましい男漁りの話は、予想しないものだった。彼の生活のこうした側面は、私にはなじみがなかった。たまに夕食をとることがあった「フロール」では、ホールの奥で彼に給仕する教師然としたいつものボーイも、客はいないかと、飲食する人々を盗み見ている漁色家も、だれもが彼を知っていることにはたしかに気づいていた。しかし、われわれはむしろカフェ「ボナパルト」で待ち合わせ、それからよそで夕食をとるのが慣例だった。ロランは自分の生活に仕切りを立てていた。たとえうすうす感づい

126　ヴィクトル・バルタール（一八〇五―七四）は、第二帝政期に活躍した建築家で、「パリの胃袋」（ゾラ）と呼ばれたパリ市中央生鮮食料品市場の建造（一八六二―七二）で知られる。約一世紀後の一九六九年、パリ南の郊外ランジスに市場機能の中心が移され、旧〈市場〉の解体が決まるが、七一年頃から保存運動も活発になる。ここで言及されているのは、この保存運動のデモである。

ていたにしても、彼の快楽を私は知らなかった。これ見よがしにふるまう周囲の連中とはあまり親しく付き合うことを拒んでいたからなおさらだ。彼の手紙を再読しながら、自分の性向をさりげなくほのめかすときの彼の含羞が感じ取れる。それが満たされることはまずないことがわかっているがゆえの含羞だ。

ロランのパリの夜の話に、気が滅入った。そこで遭遇する苦悩と醜悪さは、私が持ち続けたい彼のイメージ、母親の写真をめぐる本や小説の準備をめぐる講義[127]が与える彼のイメージを汚すものだった。幸い、後年、それもうんと後年に出版された彼の喪の日記は、まったく違ったふうに私の心を打つ。ただし、当時ずっと自分が演じつづけた役割を遺憾に思わずにはいられない。

ロランが事故に遭ったあと、何度か病院に見舞った。彼が生死の間をさまよったその入院期間について正確な記憶はないが、とても長かった、実際よりもはるかに長く感じられたという印象がある。しかも入院当初は大して重傷ではなかったのに、容態が徐々に悪化し、病院での生活に持ちこたえられなかった、という印象が。

事故の前週の木曜日に、ティエール財団を離れてから教えはじめていた理工科学校にロランを招き、生徒たちに向かって話をしてもらった。自分がどんなテーマの講義をしていたか忘れたが、私の受け持つ講義の枠での講演だった。彼の授業の直前に私自身のセミナーがあったので、パレゾーまでロランを車で連れてくることはできなかった。彼がどんなふうにして来たのか、だれが運転手を務めたのか、それともひどく不便な郊外線（RER）に乗って来たのか（この数行を書いたあと、昔、理工科学校で教鞭を執ったことのあるジョルジュ・ライヤール[128]が、往きも帰りもロランを車に乗せてくれたことを教えられた。それを聞いたのはあるいは二度目かもしれない）。

講演に替えてロランは、小説の準備をめぐるコレージュの講義の抜粋を話した。生徒たちは、この学校ではめずらしい、いや例外的とさえ言える静寂のなかで、うやうやしく耳を傾けていた。この若者たちは自らに満足し、進んで傲慢になり、自らが優秀だという観念に染まり、ときには不作法にもなり、私が知ったなかで最も扱いにくい聴衆、ソルボンヌの講堂に集まる、おしゃべりではあっても慎ましい一年生よりも無軌道だった。招待講演者のなかには、予め十分に知らされていたにもかかわらず、彼らの厚かましさにすっかり調子を狂わされる者もいた。とくに、科学と文学の間のいわゆる架橋に訴えて彼らとの共謀関係を築こうとする講演者の場合に、それが顕著だった。文理二股をかけることに慣れていたある哲学者の惨憺たるパフォーマンスを覚えている。満面に微笑をたたえ、自らの両棲動物的魅力に自信を持って語りはじめたものの、劣等生

127　一九七八―七九年度、および七九―八〇年度の講義（『小説の準備Ⅰ・Ⅱ』二〇〇三／石井洋二郎訳、筑摩書房、二〇〇六）

128　ジョルジュ・ライヤールは、パリ第八大学名誉教授でエッセイスト。バルセロナのアンスティチュ・フランセの院長も五年務めた。クロード・シモン、ホアン・ミロ、ニコラ・ド・スタールらに関する評伝やエッセイがある。

のように野次られ、すっかり気落ちして追い払われたのだった。ロランは、妥協しなかったのがよい戦術で、自然なふるまいで彼らに強い印象を与えた。総じてあまり文学的ではないこれら未来のエンジニアたちにとって、ロランは紛れもなくスターなのだと、その機会に理解した。数年後、講演というほど堅苦しくはなかった彼の談話の録音を、かつての同僚の一人から手渡された。おそらく今も取ってあるはずだが、一度も聴いたことがない。講演が終わると、慣例に従って、学校の食堂で昼食を取った。生徒のなかに同席希望者は多かったが、最初に来ていた数名だけが加わった。そしてロランはパリに戻った（セルヴァンドーニ街まで車で送ってくれたのはしたがってライヤールで、道中ロランは彼にいかにも鬱っぽい話をあれこれしたに違いない）。その後まもなく『クリティーク』誌への寄稿に書いたように、昼食後、うち捨てられた空港のロビーのようにだだっ広い学校のホールを歩いていくロランの姿が、今も目に浮かぶ。講演では――公衆を相手に「弁舌を振るう」ことにはなるまいとする語りぶりを形容するのに、講演の語は的確とは思えないが――習慣が勝（まさ）って、彼のカリスマ性は完璧だったが、休憩時間に不意を突かれると、とてももろく見えた。一瞬、彼が歩くのも容易でなく、今にもよろめきそうで、身のこなしが危ういという印象を持った。障害物に気をつけさせるために、彼の足もとに目を凝らした。ペッカリ革の靴を履いていた。それが、私の記憶に残るロランの最後のイメージの一つだ。

翌金曜日、写真をめぐる彼の本〔『明るい部屋』〕が郵便で届いた。執筆中はこの本について行き詰まりや不満な点を、しばしば話し合ったものだ。ロランのほぼすべての本と同じく、これも注文による著作だった。今回は『カイエ・デュ・シネマ』を主宰するジャン・ナルボーニの注文だった。本の第一部となった部分、より超然として学究的な部分であるが、それが書き上がったあと、先に進まなくなったのを覚えている。本は形を成さないと考えたロランは、水増しのような書き方をしていた。彼は写真について構造主義者の時代に数本の論文で語っており、もはや独創的な見解はあまり見つかりそうになかった。自分が言ったことを反復し、退屈していた。それから突如、母親が子供のころに温室で撮られた写真の発見を本の山場に、重力の中心に据えることを決めてからは、筆が本当の意味で動き出し、その本は母親へのオマージュに、一個の墓碑になった。

多くの人々が賛同しないのはわかっているが、私の考えでは、この著作はロランが準備していた小説であり、コレージュの講義最終回に彼が結論として述べることにしていた内容とは逆に、準備は失敗には終わらなかった、なぜなら小説は紛れもなく存在し、この最後の講義と時を同じくして本屋に並んだからである。何年もあとになって喪の日記が刊行されたとき、この仮説が確証されたと思った。写真をめぐる本では、彼にとっての白い墓石に他ならぬ温室の写真の発見は、写真の本質をめぐる探求の転換点であるとともに、文学への真の回心なのだが、その発見は十一月一日、つまり万聖節の日のこととされている。ところが、彼の喪の日記では、そのできごとは、まったく別の季節、六月の、象徴的な意味合いのないありきたりの日に起こる。ロランはこのできごとを転置した、劇的にしたのだ。現実においてそのできごとを取り巻いていたのとは異なる状況を編み出した。彼は間違いなく、小説の領域に参入していたのである。

私は原稿を読んでいた。すぐにロランに電話し、本を受け取ったこと、著者も本も好ましく思うことを伝え、彼の献呈の辞に礼を述べた――「その友情と仕事が私にとってかくも大切なアントワーヌへ。彼の友ロランより」。彼が私に書いてくれた最後の言葉だ。

ロランの交通事故は、ジャック・ラングがミッテランとともに特別な昼食会を開催したビエーヴル街［パリ五区、コレージュの近隣］から戻る途中のできごとだったと、私は長い間信じていた。事故直後に人からそう聞いたに違いない。しかしごく最近になって、昼食会がマレー地区の大きなアパルトマンを借りて開催され、かなり大勢の招待客がいて、ロランは例によってむっつりと黙りこくり、退屈を隠さなかったという事実を知った。その後、ミッテランが大統領に選出されると、文化大臣ジャック・ラングはコレージュの建築を一変させる大工事を起こすことになる。その結果、今日私が勤めている場所は、ロランが知っていたコレージュの名残をまるで留めてはいない。この教育機関はあっという間に一変したので、自分がごく若いころ通った場所であることを忘れてしまうことがある。

回想や小説のなかで、ロランの臨終を多少とも粉飾を交えて語った人々がいる。なぜかわからないが、ロランはサルトルやフーコー、あるいはこれまた自動車にひかれたアラゴン以上に、虚構の人物になっている。あるいは、彼が即死しなかったためかもしれない。当初生命の危険はないように見えたのに、まるである種の神秘がなお存在するかのように、その後何週間も生死の境をさまよったせいかもしれない。私にも何らかの説明が、自説めいたものがあるだろうか。ロランは抵抗なく死に赴いた、六十五になろうという時点での逝去は自殺の一形式だった、と主張する者がいる。私はそのように考えない。彼の入院中は、一番近い取り巻き連、ユセフとジャン＝ルイ、フランソワ、もう一人のロラン、それにロランの弟とたえず連絡を取り、何度かロランを見舞った。当初、つまり事故の直後は、他の人々同様、私もロランの外傷が深刻だとは思わなかった。それに実際、重傷を負ったようには見えなかった。医者が言うには、単なる肋骨の骨折と顔面負傷だった。はじめて病院に見舞ったときは、彼の容態はまだ、「憂慮される」とは言われず、ただ、過去に結核を患い、肺が弱いことに関係する呼吸量の不足のために、気管に管を通していた。その日は話も交わした。ロランは私の励ましを了解した。快癒をあきらめてなどいなかった。

最後の面会はやりきれなかった。ロランの治療の担当部門が替わっていた。このときには感染症――いわゆる院内感染――を併発して、救命処置室に移されていた。数種の抗生物質が次々と試されたが、効き目がなかった。私は病室に入り、彼のそばに独りいて、言葉をかけた。ロランは私の手を、指の先をつかんでいた。それだけが彼に許された接触だった。彼の手を見た。以前と変わらない手だった。力強い指でしっかりとペンを握る、あの美しい手のままだった。指の関節にしわが寄り、肌全体がいくぶん羊皮のように精彩を欠いて褐色をしていた。顔はというと、痩せこけて、蒼白で、いろいろな器具やチューブや目盛り盤を巻き付けられているために、だれだかわからないほどだった。手を握って言葉をかけた。と、ロランは泣き出した。静かに涙を流した。私はきっとばかなことを口にしていたのだろう。私の記憶にあるロランの最後の姿はあの涙だ、子供の涙、病気の子供の、迷子の涙、死にたくはないけれども、それ以上生きるのを断念しているような子供の涙だった。もう遅すぎた。それは告別の涙だった。われわれがもう二度と会えないことをロランは告げていた。

十数年後にシオラン[129]が死んだとき、追悼記事を読んで、彼が一九三〇年代にユダヤ人排斥論者であったことを知った。『ル・モンド』紙の追悼記事は、それが世間一般に周知の事実であるかのような書き方だった。私は知らなかった。もし知っていたら、もっと厳しい評価を下していただろう。あるいは、彼に厳しすぎたことへの良心の呵責が軽減されていただろう。どこかにシオランからもらった一通の手紙がある。変わった手紙で、長い中断を挟んで二回に分けて書かれている。彼の本の一冊、他の本同様に覚めきってシニカルな、悲観主義的な本について書いた書評への返答だった。彼はまず、私の読み方に抗議していた。やがて、苛立ちを克服すると、私の読みを受け容れていた。彼に対して、あるいは誠実でなかったのかもしれない。この書評は、ロランが生死の境をさまよっていた数週間に、苦痛のなかで書かれたのだった。サルペトリエール病院[130]に彼を見舞ったあと、帰宅して、私はシオランを憎み、復讐した。以前は彼の著作に惹かれていたが、ロランの死期が迫っている今は、彼の本を読むにも彼について書くにもよいタイミングではなかった。仕事机の前に戻ると、自分の激昂をシオランに向けた。ロランの受難の代価を彼に支払わせたようなものだ。私は彼に返事を出さず、長いこと彼の著書を再読するのを控えた。しかし不当なふるまいをしてしまったという思いが尾を引いていた。追悼記事で彼に関する情報を読んだあと、ともあれ自分のふるまいは間違っていなかったと密かに思い、ふたたびシオランを読み始めることができた。しかし、いつになっても私には、シオランの読書はロランの死と切り離せないだろう。

一度、ソ連の反体制派を称えるレカミエ劇場での夜の集会［一九七七年六月二一日］で、ロランに会ったことがある。ブレジネフのパリ訪問への抗議だったと思う。知的エリートたちが勢ぞろいし、サルトルとボーヴォワール、ドゥルーズ、フーコー、フランソワ・ジャコブ［一九二〇―二〇一三、生物学者。一九六五年度ノーベル医学生理学賞受賞者］、それにローラン・シュヴァルツ［一九一五―二〇〇二、数学者。シュヴァルツ超関数理論により一九五〇年度フィールズ賞受賞］がいた。私の人生のさまざまな時期が一堂に会したようだった（十八歳で私は『現代（レ・タン・モデルヌ）』誌の予約購読者となり、ローラン・シュ

129 エミール・シオラン（一九一一―九五）はルーマニア出身で、一九三七年以降フランスに住み、四九年以降は主にフランス語で表現した哲学者・作家。悲観主義、虚無主義が濃厚。

130 パリ十三区にある病院。十九世紀にはシャルコーの率いる神経学研究で有名だったが、一九六四年にピティエ病院と統合されてからは、ほとんどの分野をカバーする総合病院となった。

ヴァルツはありとあらゆる学問分野のなかで私が最も強い感化を受けた教授である）。ロランは数ヵ月前にジスカール・デスタンと昼食をともにし、その一方でベルナール＝アンリ・レヴィの申し出に屈し、反全体主義の運動に接近していた。彼の行動は一貫性に欠けていたが、それが彼の独立不羈（ふき）を証言してもいた。めったにないことだが、私はその日の雰囲気に捉えられた。理由は神のみぞ知るだが、これほど分野も考え方も異なる人々が一つになった集会には、ずいぶん長く参加したしたことがなかったからかもしれない（ピエール・オヴェルネーの死に抗議するデモ[131]以来のことだ。スタリングラッド広場で解散させられたときにはひどく怖い思いをした）、それとも、集会の会場が、あまりになじみ深い互助会館［パリ五区、サン・ヴィクトール街］ではなかったからか、この夜については、まるで一九三〇年代のできごとのような、われわれが奇跡的に戦前のひとときを生き直したかのような、奇妙な思い出が残っている。劇場の出口で、ホールを出ようとする群衆に行き止まりの一角へ追いやられ、なかなかそこを離れられないわれわれの姿が思い起こされる。ロランはトレンチコート、または襟を立てた毛皮の裏付き上着（グランヴィルの共同販売組合で買った船員用半コートではなかった）を着ていた。いかにも当時にふさわしい出で立ちだ。

のちに『クリティーク』誌のロランへのオマージュ号を準備したとき、ヴェネツィアで見つけた彼の写真を表紙に選んだ［本書日本版の表紙写真］。それを見つけたのは、マリオとフランカのバラットー夫妻の客間だった。彼らは当時ナイーヴな若者であった私に、一九五〇年代への郷愁を掻き立てた共産主義知識人の理想的カップルだった。一九五〇年代は、人が美しくかつ聡明になりえた時代、フランス共産党、いやもっとよいことにイタリア共産党の党員でありながら、あまりあれこれ考えずにアラゴンとエルザのカップルと付き合い、かなり長い一時期ロランがそうだったように、ブレヒトとベルリナー・アンサンブルに夢中になれたのである。問題の写真はその集会の夜、レカミエ劇場で、フランカが最初の結婚で設けた息子シルヴィオが撮ったものだ。フランカはさるイタリア人教授の娘で、父親はムッソリーニの支配下に、スペイン戦争の英雄オラス・トルビア[132]とともにトゥールーズに避難していた。われわれが参加した一九七〇年代末の反全体主義の集会を、それより四十年前の反ファシズムの集まりと私が混同してしまう漠たる理由は、おそらくその辺りにあるのだろう。ロランはジャンパーや、灰色かベージュのぼかし模様の入ったふかふかのとっくりセーター、それにウールやツイードが好きだったが、その写真でも柔らかな襟を立てている。目を大きく見開いて闘士のよう、ほとんど征服者のようだ。写真は露出が不十分で静止しておらず、できはよくない。しかし他のどれよりも、私はこの写真が好きだ。

131　一九七七年二月から三月にかけて、毛沢東主義者で「プロレタリア左翼」の活動家の、もとルノー自動車工場の工員ピエール・オヴェルネー（一九四八―七二）が、デモ中に、ビアンクールのルノー社の出口で警備員に殺された事件を機に、二十万人規模の抗議デモが起き、サルトルやフーコーも参加した。

132　オラス・トルビア（一九一七―九九）は、バルセロナ出身の精神科医。左翼共和派としてスペイン内戦（一九三六―三九）に参加したあと国外に逃亡、トゥールーズで医学を修め、ラングドック地方ロゼル県の小村サン・タルバン・シュル・リマニョルの精神病院で、病院の運営や狭義の医療活動のみならず医師・看護師・患者の人間関係を病院環境の形成ファクターと捉え、精神医療の人間化を図る「制度論的精神医療」を推進した。

愛する者たちには、決まってこちらを苛立たせる些細なふるまい、無意識の癖、しきたりがある。やがて彼らがこの世にいなくなると、われわれが最も強い感動を持って思い浮かべるのは、かつて神経に障ったこうした細部である。私の父には、私のことを「わが息子（モン・フィス）」と呼ぶ口癖があり、私をいらいらさせた。二十歳のときも、三十、四十、五十と齢を重ね、間もなく六十になろうというときも、私が訪れるといつも「わが息子」と呼んだ。「こんにちは、わが息子」、そして「ではまた、わが息子」。父が死んで以来、父のことを思うときに、脳裏に浮かぶのはこの呼称である。そのとき私は、もうだれも自分を「わが息子」とは呼ばないという自明の事実を思い知る。ロランにあって私を苛立たせたのは、会ったとたんに語り出す泣き言だった。顔を合わせると、あれこれの依頼が多数襲いかかってくるので、まともな生活（どんな生活なのか？）が送れなくなっていると嘆いては、それらを一つひとつ並べてみせるのだった。彼を揺さぶり、突き飛ばしてやりたい衝動でうずうずしたが、ときに苛立ちをあらわにすることはあっても、父の場合と同じく我慢して聴いていた。今となっては、あのような泣き言を思い出すと優しい気持ちが湧く。あれは相手の注意を引き、情愛を求める彼なりのやり方だったのだ。

新しい世紀が明けた年に、たしか「架空の書物」という題の、大学人たちの研究集会で発表するために、当時はパリのブルー街［パリ九区］にあった現代出版資料研究所（IMEC）を訪ねた。ロランの草稿類一式が、彼の異父弟によりそこに託されていたからである。小説の準備に関するロランの最後の講義の原稿を見てみようと決めていた。彼の計画がユートピア的であろうと現実に根ざしたものであろうと、とにかく死がそれを中断してしまっていた。だからそれは「架空の」本と形容しても、言葉の乱用にはならなかった。

この研究所訪問には抵抗がないわけではなかった。興味があると同時にびくびく恐れてもいた私は、実行するまでに長い間ためらった。ひとたび決意してからも、その日になってもなお、研究所の界隈をそぞろ歩いては、パラディ街のクリスタルガラス製品の店で時間をつぶしたり、パピヨン街の角の、私が子供のころに変わり者の大叔父が住んでいた建物の前をうろついたりした。昔は荒れ果てていた建物は、その後改修された。父のお供で大叔父の薄暗いアパルトマンに行かなければならなかったときに、退屈したのを覚えている。私の引き延ばし策は、喪の時間が終わったことを意味するふるまいを遅らせるのが目的だった。私はダチョウを演じていたのだ[133]。自分にはまだ、ロランの下書き原稿を冷めた目で精査する用意ができていないと感じていた。そうした身振りにはなおも、神聖なものを汚しかねない何かがあった。ロランが亡くなってまもなく、リシュリュー街の国立図書館のプルースト・コレクションを調べていたとき、ひどく感情が昂ぶることがしばしばあり、作業を中断し、外に出て気分を変えなければならなかった。たとえば、

133　三―四頁を参照のこと。

主人公の二度目のバルベック到着をめぐって次々と書き直されたヴァージョンをたどるときがそうだ。深靴を脱ぐのに身を屈める主人公は、不意に、もう祖母に会うことはない、祖母がおやすみを言うのに仕切り壁の向こうからノックしてくることはもうない、と思い知る。これらの頁を落ち着いた心持ちで検討できたためしがない。なぜならここを読むと必ず、自分に大きな打撃を与えた何度かの喪へと立ち返るからだ。ロランの喪もその一つだ。彼が私に差し向けたわけではない、あるいは目を通してほしいと頼んだわけではない紙に書かれたなじみ深い筆跡を読み解くことを、それらの下書きを文献学的学識の対象に変えることを、自分が望んでいるのかどうか、またそんなことができるのかどうか、私には確信がなかった。

それでもブルー街の建物のポーチをくぐり、閲覧室に入り、閉架の担当者に閲覧の申込みをした。担当者が戻ってくるのを待ちながら、あたりを見回した。アメリカ人の若者が数名、ヘッドフォンを耳に当てて、ノートを取りながらミシェル・フーコーの講義をまじめに聴いていた。さて、しばらくして――私には長く思われたが――閉架担当者が戻ってきたが、手ぶらだった。小説の準備に関する講義原稿は棚のいつもの場所にはなかったらしい。どこかに姿をくらましたというわけか。この失踪を心配するのが当然だったのだが、なんとも意気地のないことに、私がまず味わったのは安堵感である。困惑した様子の担当者は、翌日に戻ってくることを勧め、それまでに必ず見つけておきますから、と言った。国立図書館で語られている逸話を思い出した。高等教育と研究が民主化される以前、特権を享受していた卓越した読者たちは、最近まで著作の借り出しを許可されていた。ある稀覯本が返却されたとき、しおり代わりにハム一切れが挿まれていたという。この話を思い出して気分がほぐれた。翌日には、贖罪の儀式は不要で、パラディ街をぶらつくこともなく、まっすぐブルー街に行った。そこでは待望の資料が私を待ち受けていた。催眠術にかかったようにその資料に没頭して、一気に読んだ。予定している発表のための素材集めというよりも、自分が知っていたロランを彷彿とさせてくれる指標を探していた。その日は、かつては思いも寄らなかったほど深刻な鬱状態をロランのなかに炙り出す二つの事実が確認され、それらが私を打ちのめした。

　写真をめぐる本の最終チェックを済ませたあと、秋のはじめにパリに戻ったとき、ロランは最後の講義の準備に打ち込んでいた。そして講義原稿の執筆を十一月一日の万聖節と翌二日の死者の日の間に仕上げていた。冬の間に行なわれた講義では、原稿に書かれた内容にまったく変更を加えず、まるでその間の何週間、何ヵ月もの間思考が停止したようで、凝固し、動かなくなって、それより前には進めないかのようだった。講義メモはその性格からして変動的なので――ただしこのたびは進行中の作業（ワーク・イン・プログレス）とは無関係だったが――彼が自分の考察に終止符を打ってしまい、もうそのことは考えていないかのように、「小説の準備」または小説そのものが彼にとってすでに終わったもののように、いかなる加筆も変更も行なわないというのは、私にはちょっと考えられなかった。口頭での変更で唯一注目に値するのは、たとえば、小説に対する欲望の挫折を二年前の喪のせいにする一節のように、彼の講義原稿のなかで最も悲しみの色が濃く内密な瞬間を、検閲・削除した点にあった。彼は自らの「虚しい夜」の日記をつけるのを止めさえしていた。

もう一つ、彼の原稿で私を驚かせたのは、理工科学校での講演用としてコレージュの講義から切り取った抜粋に枠組を付与するために彼が書いたメモにおいて、彼の字が、あの傾斜した美しい字が、乱れてしまっている点である。フォルダーはそこにあった。講義録から借りてきた紙葉は元来の場所に戻され、フォルダーには講演のために新たに書かれた序論と結論しか入っていなかった。かつて私の好きだった達筆はもはや認められず、ふだんは流れるような、優美で魅力的な彼の一字一字（たとえば、母音に絡みつこうとそれを求めて前進する子音、aやoの下に潜り込むcやlがそうだ）は、そこでは四方八方に飛び跳ねていた。あるいは薬のせいでそうなったのかもしれないし、ロランがパレゾーのわれわれのもとに来るのに郊外電車（RER）を利用したとしたら、単にその揺れのせいかもしれない（私がこれを執筆したあとで人から喚起されたように、この最後の推測が当たらないことは確認済みだ）。

私はその夏、数回にわたって午後をブルー街で過ごし、ロランの「架空の書物」をめぐる発表を行なった。どんな内容だったのか？　もうすっかり忘れたが、その後、小説の準備の講義録が出版され、私はその書評をした。この本は、たとえ未完の、ときに簡略化された形に留まってはいても、ロランの著作のなかで私が最も愛着を覚える一冊であることは変わらない。それは単に上記の論文のなかで指摘することのできた理由によるばかりでなく、私の見るところ、それが最晩年のロランの痕跡を留め、私が原稿の形でそれを読むのに過ごした記憶の時間と切り離せないからでもある。

先日、サロン・デュ・リーヴルでの討論会の際、招待者が私をロランの「専門家」と紹介した。私はすぐに訂正した。とんでもない、私にはロランの作品の専門家らしいところなど皆無だ。ロランと知り合って以来、彼の著作を学生として、のちには教師として、読むことができなくなった。他人に請われるまま、彼の本の何冊かに関して、というか彼の人となりに関して――一人の作家と付き合いのあった者にとって、とくに二人が友情で結ばれていた時期に書かれ、その進捗をともに見守った作品の場合には、人と作品とは分かちがたいものだから――数本の論文を発表してはいても、私はロランの著作をもっぱら注意深い素人読者として読んできたのであり、けっして博学の通(つう)としてではなかった。

さらに後年、ずっと後年になって、今度は彼の喪の日記が刊行されたとき、それは母親の死に続く一年間にカードに書きとめられたメモで構成されたものだったが、私はまず、自分がそこで演じた、あるいは彼が演じさせた役割によって、笑い者になったように感じた。ほとんど辱めを受けたのも同然だった。そこでの私は、理性の代弁者、良識の弁護人、規範の擁護者を演じていた。ロランとしては、果てしない情動、終わりのない苦悩である悲しみ(シャグラン)に浸ることで満足なのに、喪(ドゥイユ)の語を用い、喪の感情を彼に呼び起こそうとしていた。私は喪の声だった。その数ヵ月前にわれわれを仲違いさせた私の書いた物語、ロランが私にランブリックのもとから引き取らせた例の物語が、表題で喪に言及していたこともおそらくそれと無関係ではなかった。彼の目に、私は喪の大家、他人に言及してほしくはない喪の大家と映っていた。喪は一個の脱却を含意し、喪の概念そのものが一つの出口を準備するものだからだ（「喪に服す」*faire son deuil* と言うときの「喪」とは、ある限定された時間、やがて人がそこから身を引き離す時間を指す）。ロランが他人に喪を語ってほしくなかったのは、終わりがないはずの悲しみのなかに留まるためだった。喪を強調し、ロランをたえず彼の喪へと連れ戻しながら、私は生の側に、未来の側に身を置いていた。それは彼にとって耐えがたかった。私は憶見を、プチブルの狭隘な考え方を、それに言語のファシズムを、体現していた。

しかしながら、ロラン自身がメモのなかで、しかも最初の頁から「喪」の語を用いている。母親の死の翌日（ちょうどモンテーニュ号撃沈の六十一年後）のことだ。この語を使わないわけにはいかないからだ。『喪の日記』のタイトルが彼自身の発案によるもので、編集者が考えついたものではないとすれば、ロランは自分の悲しみを綴ったカード集を「喪」の語で捉えたのだ。彼は「喪」自体が不条理な概念ではないことを認めたものの、それを自身の事例に適用することは拒んだ。喪の否定は喪と不可分なのだから、彼のこうした態度は、結局は喪そのものと一体をなすものだ。彼は喪と闘っていた、喪とは一個の闘争だからだ。喪のことをイタリア語で「ルットー」*lutto*、ラテン語で「ルクトゥス」*luctus* と言うように、喪とは闘争（リュット）だからだ。フランス語では形容詞「リュクチュウー」*luctueux*［葬送の、悲痛な］にしかこの意味は残っておらず、私はこれまで一度もこの語を用いる機会がなかった。

その時期（『喪の日記』が出た時期のことだが）、コレージュでの私の講義の題目は「人生を書く」だった。モンテーニュやスタンダールを話題にしたが、没後に刊行されたロランの本についても、つまり人生のエクリチュールにおける死についても、一、二度即興的にしゃべることにしていた。喪の日記における私の屈辱のことをあまり直接的に扱う勇気はなかった。このテーマをめぐって考えたことをいくつか書いたものの、それを講義で話すのは控え、非個人的な見解を述べることで満足した。

「人生を書く」という表現自体を、小説の準備をめぐるロランの講義から借用したとばかり思っていた。私のセミナーの講師に招待したアニー・エルノー[134]から、ガリマール社から出る予定の

134　アニー・エルノー（一九四〇ー　）は小説家。ノルマンディー地方のイヴトーの町で過ごした幼少期をはじめ、自伝的素材に基づく作品が多い。『場所』（一九八三、八四ルノドー賞／堀茂樹訳、早川書房、九三）、『歳月』（二〇〇八、マルグリット・デュラス賞およびフランソワ・モーリヤック賞）など。「人生を書く」のタイトルのもとにまとめられた作品集は、ガリマール社の「クワトロ」叢書の枠で二〇一一年に刊行され、小説十一篇のほか、日記、写真入りテクストなどを収録している。彼女がコンパニョンのセミナーに招かれたのは、「人生を書く」の初年度（二〇〇九年三月三日）で、ルネ・マグリットの有名な絵のキャプション（「これはパイプではない」）をもじった「これは自伝ではない」と題する講演と、コンパニョンとのディスカッションを行なっている（http://www.college-de-france.fr/site/antoine-compagnon/seminar-2009-03-03-17h30.htm）。

小説集にこの題を再利用させてほしいと頼まれたとき、その題は私が考えたものではなくロランから来ているのだから、いっそう自由に彼女にはそれが使う権利があると返答した。その後ラジオの対談番組で再会したとき、彼女は、いろいろ探してみたけれども、ロランの著作のどこにもその題は見つからなかったことを教えてくれた。じつを言えば、私にはもうさっぱりわからない。

ユルトでのロランの葬儀については、記憶がまったく稀薄だ。パトリツィアと同行し、ポーの妹の家で一泊し、翌日には妹の車を借りてユルトまで行ったことは覚えている。墓地に行く前か、墓地から戻ったあとか、食堂のテーブルの周りに集まっているわれわれの姿――ミシェル、ジャン＝ルイとユセフ、エリック、フランソワ、おそらくはフィリップ・ルベロルもいただろう――が漠然と思い浮かぶ（母親の死後チュニスでロランを迎えたフィリップ・ルベロルとロランのように、第四学級〔十三歳、日本の中学一年〕以来あれほど親しい関係を保ちつづけた友人が自分にいたらどれほどよかっただろう、と思う）。他にも何人かいたことはたしかだ。この短いユルト滞在は記憶の暗い穴のようで、われわれは車でポーに戻り、列車でパリに帰った。

ロランの母親が八十歳を超えてから亡くなったとき、二人の息子は、六十代と五十代に達していたが、依然母親と同居していた。数十年来、パリの小さなアパルトマンにいっしょに住んでいたのである。毎年夏には、母子三人はユルトに移動したが、その家もそれほど広くはなかった。

母親が支度した食事をいっしょに食べ、お茶もいっしょだった。この長きにわたる共同生活は、ロランの母親を皆の称讃の的にしていた。それが明かす相互的献身により、彼らの生活を感動的で崇高なものとみなす評価とは異なる判断など、一度も耳にしたことがない。しかしこの風変りな同居はまた、兄弟間のみならず、二人の息子と母親とのもっと気がかりな依存関係を想像させもする。ユルトであれほど親切に私を迎えてくれた、あの優しく控え目で寛容な女性は、どのようにして二人の息子をそばに引き留めることができたのか？　それは彼女が望んだことではなかったのか？　結核が癒えたロランが一九四〇年代末にブカレストのアンスティチュ・フランセに赴任したとき、彼女は家事をするために息子に同伴した。パリでは、ロランは毎日夕方になると家を抜け出し、数時間を自由に過ごしたあと、やがて母親の巣に戻っていった。何一つ要求しないこの母親は、すべてを手に入れていた。彼女は息子たちを囚人にするのに成功したのだ。すばらしい女性である彼女はまた、恐るべき人だったに違いない。物事はつねに見かけよりも複雑である。私はごく小さいときに母親を亡くし、それに苦しみもしたが、別の面では、危ういところで難を逃れたのかもしれない。

ロランが亡くなった直後に、私はロンドンに発ち、そこのアンスティチュ・フランセで夜間の授業を担当した。昼間は大英図書館で過ごした。その地で、ギュスターヴ・ランソンに関する研究に着手した。ランソンはフランス流文学史の創設者であり、ロランが刃向った（そしてこちらもロランに報復した）大学固有の伝統の父である。私はことがらをもっとよく知る必要を感じていた。私より年長の人々は、文学上の源流および影響の研究と厳密に同じものとみなされるソルボンヌのランソン主義に反逆してきた。私はそうではなかった。一つの時代がそっくり新批評（ヌーヴェル・クリティーク）に入れ込むのは、文学史への反動からだという説明が好んでなされる。世代の問題なのか、偶然の問題なのかわからないが、私はリセというものをほとんど知らず、ラガルド＝ミシャールとかカステックス＝シュレールといった、エレヴェーターのように[135]二人の著者の名前が連なった文学史教科書の影響も受けていなかった。フランスに戻ってきたとき[136]、一人で気ままに読書した。パリにやって来て、大学ではどんなことをしているのか知りたいと思ったときには、ランソン主義は打倒されていた。自分が被らなかった疎外に対して反抗する必要はなかった。ランソンへの私の遅ればせの興味は、無知に促されていた。ランソンの名をはじめて聞いたとき、友人の一人が住んでいる十三区のオーギュスト・ランソン街のようにセディーユ付きで綴ったのだった。[137]

フランスの大学が自分に門戸を閉ざしているように見えたのでパリを離れたのだが、自分を拒む制度の歴史について、またこれから研究に打ち込もうという抱負を持っている学問分野の変遷についてもっと知ることを願っていた。どうして科学から文学へ、エンジニア職から教授職へ転身したのか、なぜ人文的趣味を持つエンジニアに留まらなかったのかと尋ねられることがある。この質問にはまともに答えない。あまり興味が湧かないし、かなり神経に障る質問ですらあるからだ。宗旨替えは、ドラマもなく、人生に突然の転機をもたらす奇跡もなしに、静かに起こったのだと言っておしまいにする。ところが、文学への嗜好を教職に転じるのは自明ではなかった、とくに当時はそうだった。私の方向転換が進行した時期には終始ロランと交渉があり、彼がそれを煽ったわけではないが（彼がいかに他人の自由を尊重したかについてはすでに述べた）、私の転換に立ち会い、それをめぐる話に耳を傾けてくれた。その点で、私は彼に恩義を負っている。

ロランは私の外国行きには反対で（自身のブカレスト滞在やアレクサンドリア滞在については、ほとんど影響を受けなかったかのようにめったに語らなかった）、私がフランスで職を見つける助けになろうと奔走してくれていた。博士論文の口述審査を終えて、私がもうエンジニア職に戻ることはないと見ると、彼が会いに行かせたのは彼の友人で共謀者のロベール・モージ、卓越した十八世紀の専門家で、現代詩の優れた愛好家、当時のソルボンヌ教授だった。

面会はこちらを面食らわせるものだった。モージは、廃兵院（アンヴァリッド）とシャン・ド・マルス公園［ともにパリ七区］の中間にある瀟洒なアパルトマンで、大きなカラーテレビの画面のそばの椅子に私を座

135　たとえば、オティス＝ピッフル、ルー＝コンバリュジエのように、二語をつないだエレヴェーター商標が多い。

136　フランス大使館付の軍人であった父親の仕事の関係で、コンパニョンは十代の数年をアメリカのワシントンで過ごしている。

137　文学史家のギュスターヴ・ランソンは Lanson、パリ十三区のオーギュスト・ランソン街は Lançon と綴る。

らせた。テレビの音量を下げたが、私と向い合わせになる形でソファーに腰を下ろし、私が自分の事情を説明している間ずっと番組を観つづけた。彼が指定した面会時刻は午後のまん中だったので、私の到着前に子供向けの漫画か、五十歳以下の主婦向けのアメリカの連続ドラマを夢中で観ていたに違いない。私は彼に聞こえるようにしゃべるのに苦労した。モージとはもうあまり会わなくなっていた——それも当然だった——ロランは、友人が深刻な鬱状態に陥っているのを知らなかった。それは、母親の死後ロラン自身が経験した症状よりもはるかにひどかった。『十八世紀フランスの文学と思想における幸福の観念』はその時代を扱った文学史としては最も優れた一冊だが、その著者は、私が出会ったなかで最も不幸な人間の一人だった（これより少し前、彼は悪い交友のせいで危うく殺されかけていた）。数ヵ月後、それでも彼が私の話を聴いてくれていて、私の申請書類の報告者——じつは女性だったのだが——が全国大学評議会[138]による私の教授免許授与に反対したときに、反論したものの、うまく行かなかったことを知った。翌年、審査員たちは彼の抗議を記憶していたらしく、私は免許を授与された。そのころ、ロランは死に瀕していた。

　ロランはまた、科学技術研究代表派遣団（DGRST）で働く、知り合いの若い女性に私を会わせた。この機関は産業省のなかにあったように思うが、ドゴール主義の機関で、その資金を主に自然科学と応用科学、および医学に割いていたが、若干の研究助成を人文科学にも回していた（その研究助成が一九六〇年代のはじめ、ブルターニュ地方のフィニステール県南部のプロゼヴェ村で研究者たち——そのなかにロランの友人のエドガール・モラン[139]がいた——が五年間生活し、フランス社会の近代化を研究するというすばらしい調査の資金源となった。私の申請書類はグルネル街とサン・ドミニーク街［いずれもパリ七区の省庁が集中する地区にある］の間の砂塵に紛れてしまったが、この企ての予想外の結末は、この婦人がロランと私を夕食に招いてくれたことだった。彼女の夫も若く野心に満ちた高級官僚だったが、二人はトゥルノン街がサン・シュルピス街と交わる角、高等研究所のセミナー会場から目と鼻の先の壮麗なアパルトマンに居を構えたばかりだった。その夜については、奇妙な記憶が残っている。まず、ロランとともにそのような招待を受けたのはこれが唯一の機会だった。また、われわれを迎えてくれたカップルの間の緊張は明白で、会話にもそれが感じられた。この押しの強い女性はテレーズ・デルペシュ[140]で、のちに国際関係論分野で冴えた知性を発揮

138 全国大学評議会（Conseil national des universités［CNU］）は、高等教育の教員（大学教授、准教授）になるための資格判定を行なう国家機関で、構成員は大学教授。任命された委員と選挙で選ばれた委員とから成り、機関としての独立性を維持するために、後者を三分の二以上とする原則がある。この資格がないと、大学教員ポストの公募に応募できない。

139 エドガール・モラン（一九二一— ）はフランスの社会学者・哲学者で、映画にも造詣が深い。超領域的な方法により、イデオロギー、政治、科学の関係をめぐる独自の認識論を展開した。プロゼヴェには約一年滞在して調査研究の中心的役割を果たした。

140 テレーズ・デルペシュ（一九四八—二〇一二）は、国際関係、防衛問題、外交戦略の専門家で、研究者としての業績のほか、政府諮問機関で重要な役割を果たした。二〇〇〇年から〇三年にかけて、イラクの武装解除問題をめぐる国連調査委員会のフランス代表を務めた。

した。その後、われわれのキャリアはしばしば交差した。彼女がフランソワ・フュレ[141]といっしょにいる場面を見かけたし、パリ－ニューヨーク間の機内や、ラジオ・フランスの廊下その他の場所でも顔を合わせた。ひととき言葉を交わし、今度会いましょうと約束するのが常だった。だが、それを実行することはなかった。私は彼女の一徹さと攻撃性に恐れをなした。しかし彼女の活力は好きだったし、訃報に接したときは悲しみを覚えた。あのとき彼女は、ロランへの憧れから、私を助けてくれようとしたのだ。

ロランが亡くなってから何年かの間、私はときどき、彼に忠実でないと批判された。文学史に興味を寄せ、ギュスターヴ・ランソンやフェルディナン・ブリュヌティエールといった老いぼれどもに関する鈍重な本を発表していた。まともな人間なら異本などだれも参照しないような重厚な批評版を校訂していた。最も美しいテクストを、ラブレーが言うように、「うんこのような文献（ファエケス・リテラルム）」[142]で包んでいたのだ。私はソルボンヌの教授になった。どれもロランなら軽蔑しただろうと思われる仕事であり、所属も彼のかつての弟子の一人にはふさわしくない権威的機関だ。そうした仕事やポストを追求することで、私はロランを否認したと人は見た。ソルボンヌで教えていたころ、新学期が近づいた時期に、サン・ミシェル大通りで、たしかヌイイで中学か高校の先生をしているという上品な婦人で、私のセミナーに休まず出席していた人とすれ違った。次年度の授業題目を訪ねられ、「サント・ブーヴ」と答えると、空を仰ぐようにして「かつてのロラン・バルトの教え子が、あなたの学生たちの言い方をまねると、サント・ブーヴで私たちをうんざりさせるのね！」と叫びながら大笑いして立ち去った。その日は一日中この場面を思い出しながら、まるで学生たちに大法螺（おおぼら）を吹いてやったように、心ひそかに笑い転げた。

定期刊行物に載る書評のなかに、私がマルク・フュマロリと親しくしていることに文句をつけるものがあった。フュマロリはソルボンヌにおけるレーモン・ピカールの後継者で、古典主義作家の擁護者にして文化国家の批判者なのに、というのだった。人々は、二人はかつて付き合いがあり、互いに評価し合い、マルクはロランの修辞学に関するセミナーに出席し、ミシェル・フーコーやロベール・モージと夕食をともにした時期があったことを忘れていた。そして私のためにモージと会ってくれたのはロラン自身だった。たしかに、この苦悩する魂、この絶望に沈んだ知性を目の当たりにすれば、大学人になるのが望ましいキャリアだという気がしなかった。それにもかかわらず、私はそのキャリアに身を投じた。そして十五年後、ロベール・モージは、体調がほとんど改善していなかったのに、私の教授選考委員会に出席するためにソルボンヌに足を運ん

141　フランソワ・フュレ（一九二七―九七）はフランスの歴史家。フランス革命に関する著作で知られる。七七年、高等研究実習院の第六部門が社会学高等研究院として独立した際の初代院長で、八五年まで在職。

142　ラブレー『パンタグリュエル』（「ガルガンチュアとパンタグリュエル」2）、宮下志朗訳、筑摩書房、二〇〇六、七四―七五頁。また、宮下志朗『ラブレー周遊記』（東京大学出版会、一九九七）六〇―六三頁、およびアントワーヌ・コンパニョン『寝るまえ5分のモンテーニュ』（二〇一三／山上浩嗣・宮下志朗訳、白水社、二〇一四）三〇頁を参照のこと。

でくれた。彼がソルボンヌに来るのは、それが最後となった。だれ一人としてロランを裏切らなかった、だれもが各人のやり方で彼に忠誠を尽くした。

モンテーニュの『エセー』を読み込んだので、模倣には二つの形式があることを知っている。その第一はおうむ返しである。おうむのような反復、ないし、エラスムスが「キケロの猿」扱いした、手本のなかに見つからない語彙もほんのささいな言い回しも使用することを自らに禁じる人々の猿まねである。古典古代の伝統に育まれたモンテーニュは、そうした模倣を、食べた物を未消化なまま吐き出すことにたとえた。もう一つの模倣は、同化し適合させる模倣である。エラスムスは古代作家とキリスト教を結びつける混合主義を主張し、モンテーニュはこのよき模倣を、花から花へ跳び回っては集めた蜜をもとに独自の蜜を造るみつばちの蜜の採集にたとえる。私はけっして複製することも偽造することもなく、ロランの蜜を自分なりに造った。

十五年以上前になるが、フランス国立図書館がプルーストの一夜を企画したことがあった。私の発案で、まずロジェ・ステファーヌ[143]が一九六二年にテレビ用に制作し、私が暗記できるほど知っているすばらしい「肖像－回想」を上映した。当時すでに非常に高齢になっていたプルーストの同時代人の姿が見られ、彼らの声が聞ける。その年に亡くなるダニエル・アレヴィ［一八七二－一九六二、歴史家・エッセイスト］が、リセ・コンドルセの校庭で後ろから近づいてきた級友のプルーストが、彼の肩に手を掛けたときのことを回想している。ポール・モラン［一八八八－一九七六、プルーストと付き合いの深かった作家］は今日ではもはや使われないフランス語を話し、接続法半過去をたっぷり並べ、言葉の端々でプルーストの着用していた毛裏付オーバー（プリス）を楽しそうに「プッリス」と発音する。それから、女中であったセレストが、作家の最期の模様を話しながらハンカチで目頭を押さえ、もっぱら自分に同情を引き寄せる。彼女の涙はモーリアックを苛立たせるだろう。

それに続いて、ロランが亡くなる少し前に、パリの街路をぶらつきながら、プルーストが暮らした場所の前で語ったフランス・キュルチュールの番組を聴いた。私はその録音と、それについて彼と交わした会話を思い出した。サン・トーギュスタンとマドレーヌの間、クールセル街とリセ・コンドルセの間の界隈は私のよく知る地区だが、ロランはジッドと同じくいつも左岸の人だった。そのジッドは、NRF社の創設者たちが『スワン家のほうへ』の出版を拒否した[144]のは、両岸の乗り越えがたいギャップによると説明した。ロランは、子供のころ母親とパリに出てきてから、サン・ジェルマン・デ・プレ界隈以外に住んだことはなかったが、晩年にはずっとプルーストに関心を寄せた。講演「長いこと、私は早めに寝む（やすむ）ことにしていた[145]」や、それに続く、小説の

143　ロジェ・ステファーヌ（一九一九―九四）は、作家・ジャーナリスト。「肖像―回想」« Portrait-Souvenir »（六二）は、四十年前に他界していたプルーストをめぐって、モーリアック、コクトー、モラン、スーポーら故人と直接交流のあった人々の証言を集めた貴重な映像（現在ユーチューブで視聴可能）。

144　『失われた時を求めて』の第一巻『スワン家のほうへ』は、ガリマール社はじめ数社に断わられたのち、一九一三年十一月にグラッセ社にから自費出版の形で刊行された。

準備をめぐる講義［一九七八―八〇］年の時期である。この講義では『失われた時を求めて』の著者が始終引き合いに出される。交通事故が起こった日、彼はポール・ナダール[146]が撮ったプルーストの世界の写真をめぐるセミナーを準備するために、コレージュに向かっていた。奇妙にも、彼は証言や書簡、小説の源泉、人物のモデルへと回帰していた。かつては、ジョージ・ペインターのプルースト伝への関心を弁解するのに、作家の人生はその作品を、両者が区別できなくなるほどに延長するものだと主張していた。今では、世評などにはまったく超然として、もうその種の言い訳に訴えるのは当を得ないと判断していた。

トルビアック［パリ十三区］の新国立図書館の洞窟めいて辛気臭いホールの奥で聴いた録音の抜粋では、ロランはマルゼルブ大通りの、マルセルが子供のころにプルースト一家が住んでいたオスマン風の建物の下の歩道にいて、三階のバルコニーを指さし、幼いマルセルがあそこから、大通りの一角の広告柱に貼られたパリの劇場の出し物（サラ・ベルナールやラ・ベルマが出る）を告知するちらしを眺めていたとか、その観測台からジルベルトのモデルであるマリ・ド・ブナルダキーが家庭教師の女性に付き添われてシャンゼリゼ庭園のほうへ歩いていくのを今か今かと待っていたとかと話している。ロランの声に惹かれて、鼻にかかった、重厚で、温かみのある、人を魅了する美しいその響きを、言葉そのものには、その意味にはあまり注意を払わず、ぼんやりと聴いている。突然、プルースト一家のアパルトマンは表通りに面してはおらず、中庭側にあったことを思い出す。幼いマルセルには広告柱を見やったり、幼いブナルダキーを見つけたりするバルコニーはなかったのだ。このホールにいる何百人もの聴衆は、今やまったく逆のことを信じている。富裕ブルジョワ層のプルースト家のアパルトマンが大通りに面し、高貴な階（ピアノ・ノビーレ）[147]に位置していることは、ロランには自明だった。この種の瑣事（きじ）は、私が時間を空費して作ったものの、だれにも開かれずに埃をかぶっている学問的な校訂本の脚注に書き記すのがふさわしいのであって、こんなつまらないことに気を揉むとは、この私は結局、じつに唾棄すべき実証主義者、陰険な物知り先生ということになるのだろうか。つまるところ、ロランがここに集まった聴衆に『失われた時を求めて』を読んでみたいという気にならせたとすれば、彼らがプルースト家の住まいの位置関係について誤った認識を持ってホールを出ていくとしても、何の問題があるだろう。

コレージュ・ド・フランスへの選挙戦の一環としての挨拶回りの際、私が面会した教授陣のな

145 （177ページ）一九七八年十月十九日コレージュ・ド・フランスにおける講演。「コレージュ・ド・フランスの未刊資料」一九八二年、第二号に収録。のち『言葉のざわめき——批評的エッセイ集Ⅳ』（一九八四）に収められた。邦訳については註1を参照。

146 ポール・ナダール（一八五六—一九三九）は写真家。十九世紀の高名な写真家フェリックス・ナダール（通称ナダール）の息子。作家・芸術家の重厚なポーズを撮った父親とは異なり、スペクタクルの世界や女優をしばしば幻想的に、また特殊効果を交えて撮った。写真をめぐるバルトのセミナーの内容は、講義集成3『小説の準備』巻末に収められている。

147 「高貴な階」とは、大邸宅で、他の階よりも高く幅広の窓があり、大きな客間と賓客用の寝室を備えた二階を指す。通常、家族は三階に、使用人はさらに上の屋根裏部屋に住んだ。

かに一人だけロランを知っていた人物がいた。神経生物学者のジャン゠ピエール・シャンジュー［一九三二―六一］で、ロランよりも二十歳ほど若いのに彼よりも前にコレージュに就任し、彼が言うには、ロランに投票したらしい（推測するところ、彼は私にも投票してくれた）。ロランの選出は容易ではなかった。社会学高等実習院で知り合いだったエマニュエル・ル゠ロワ゠ラデュリーとジョルジュ・デュビー[148]は、彼の立候補に真っ先に賛同した。フーコーは他の可能性を探したが見つからず、味方についた。あるいは断念した。二十世紀で最も卓越したヘレニズム研究者で高名な考古学者にして碑銘学者のルイ・ロベール［一九〇四―八五、コレージュ在任三九―七四］の後任者を選ぶ選挙だった。ロベールはギリシア学を率いた大家で、三十五年間その講座の教授職にあったので、選挙に賭けられているものは小さくなかった。これまた考古学者にして碑銘学者で、アレクサンドリアのフィロンの校訂者である学士院会員のジャン・プイユーを担ぐ古代派と、近代派とが真っ向から対立した。学殖の支持者たちは一丸となってロランに反対だった。実際ロランは、自然科学者たちの大多数の支持のおかげで、わずか一票差で選出されたのである。一九四二年と四三年にヴィシー政権下で、コレージュへの就任のための挨拶回りをしたモーリス・アルブヴァクス[149]の選挙運動日誌が知られているが、もしロランの同種の日誌が読めるものなら愉快だろう。専門の異なる教授たちがどのように彼を迎えたか、彼らが投票を約束したかどうか、だれが彼を支持し、だれが落胆させたか、そうしたことがわかるだろう。自分の運動を思い起こせば、影響力のある有権者のなかに反対者が何人かおり、そのなかの一人はずっと昔からの知己だった。逆に、他の教授たちから思いがけない好意が示された。いずれにしても、私はロランほど論議を呼んだ候補者ではなく、彼と比べればどこから見てもありふれていた。選挙では何が起きるかわからなかった。自然科学者は、文芸の科学めいたものの実践を誇りとする文学者には不信を持ち、純然たる人文主義者のほうを好むものだ。さてロランには、その後脱却したとしても、科学者然とした時期があった。そのせいで自然科学者も文系の碩学も、同じようにまとめて敵に回すこともありえた。すると彼に投票する者はわずかしか残らなかっただろう。ロランは、アルブヴァクスの都合よく解釈する流儀に倣って、自分に投票してくれた教授たちが科学的論拠に基づいてそうしたのに対し、自分に投票しなかった教授たちには政治的下心があった、などという結論は下さなかっただろうと思う。ロランによる神話の定義も、彼の構造主義的野心もけっして真に受けなかったレヴィ＝ストロースは、それにもかかわらず他人の説得には抵抗しなかった。

ちょうど今日、私はロランが死んだときの年齢になった。彼は亡くなるしばらく前から、コレ

148　エマニュエル・ル＝ロワ＝ラデュリー（一九二七―　）は、アナール学派を代表する歴史家で一九七三―九九にコレージュの近代文明史講座を担当。ジョルジュ・デュビー（一九一九―一九九六）は中世史家で、コレージュ在任は一九七〇―九一。

149　モーリス・アルブヴァクス（一八七七―四五）は、デュルケーム学派の社会学者で、一九三五年にソルボンヌ教授、四四年にコレージュ・ド・フランスの集団心理学講座教授になるが、社会主義者であることを理由にナチス占領下のパリで逮捕され、強制収容所で赤痢に罹って死んだ。

ージュを辞職する話をしていた。高等研究院でのセミナーのようには、やりたいことが存分にやれないと言っていた。授業を取り巻く状況に嫌気が差していた。もしあの事故が起こらなかったら、あるいは彼が快復していたなら、彼のその後に人生はどんな展開を見せただろうか。ときどき、ロランの夢を見て目が覚めたときなどに、そんなばかげたことを自問した。本気で辞職していただろうか？　彼の言う新たな生（ヴィタ・ノーヴァ）のもっともらしさを、私よりも有能な注釈者たちは信じないようだが、彼はそれを実際に生きただろうか？　一九七〇年代に彼と付き合ったわれわれはベビーブームの子供たちであり、まだわれわれの生まれていない一九三〇―四〇年代にロランが重い病を患い、何年間も生死の境をさまよいながらサナトリウムで過ごしたことを忘れていた。そこはいわば、冥府のような世界、発育の遅れた若者が雪山で過ごす長期休暇だった。ペニシリンによる治療が始まる前の結核がどれほど困難な病気だったか、われわれは知らなかった。それに彼自身、そのことをほとんど話さなかった、めったに過去を振り返らなかった。

私は『魔の山』を読んだことがあり（スイス滞在の折、クロスカントリースキーの競技の合間に、ジュリエットが読ませたのだった）、それについてロランに尋ねた。驚いたことに、彼はトーマス・マンのその小説を知らなかった。あるいは忘れたのかもしれず、思い出すのを拒んだのかもしれない。その後彼は、結核の表象に関する学位論文を指導した。著者が、いやむしろ、共著者たちが、セミナーに来て発表をした（論文は、それが可能な場合、共同で書かれた。リベラルなあの時代には何でも許されていた）。就任講義でロランは公然と――それがはじめてだったと思うが——若いころの結核に言及する（『彼自身によるロラン・バルト』の自画像では、より暗示的な言及に留まっている）。『魔の山』を再読した」と言う。初読なのか、再読なのか？それまでにこのトーマス・マンの小説を引き合いに出したことはなかったはずだ。しかしサナトリウムでの生活という形で、結核がふたたび脳裏に浮上した。それは、まもなく独りで暮らすようになる予感に襲われたからで、それまでは一度もなかったことだ。彼はサン・ティレール・デュ・トゥーヴェとレザン[150]での時間割と養生のことを思い出し、準備中の講義「ともに生きる」——「ともに」ではあっても互いに干渉せずに生きるという意味だ——を機に、それらを修道士の規律にたとえた。

ロランは煙草を吸った、いや、ヘビースモーカーですらあった。セミナーやカフェではシガレットを、食後にはいつも葉巻を吸った。私が彼と知り合った年に収録された小さなテレビ番組をユーチューブで観たところだが、自宅にいる彼はだぶだぶの——あるいは緩んでしまったのか——とっくりセーターを着込み、鉛筆や絵筆や電気ポットを背にして、まさに当時の姿を彷彿とさせる。そこでの彼は、シガレットの箱をたえずいじり、指の間でシガレットを転がしては一本

150　サン・ティレール・デュ・トゥーヴェはフランス東南部イゼール県シャンベリー近くの高原の村。レザンはスイスのレマン湖の東、ヴォー州の村。バルトは一九四二年と四三—四五年の二度前者の学生サナトリウムで、四五—四六年には後者のアレクサンドル病院で療養している。

また一本と、ひっきりなしに火を点ける。ライターの火打ちローラーが働かずに、三度やり直す。すると鼻の穴から、また灰皿から、煙が雲のように立ちのぼり、画面全体を覆う。吸いさしを唇の端に咥えたまま質問を聞き、答えはじめてもそれを抜かずに、渦を巻く煙を避けるのに目をしばたたかせる。そんな姿は、同時代のポンピドゥー大統領に似ている。ロランは節制しなかった。当時はわからなかったが、彼の健康は病に脅かされていた。母親が五階上まで昇ってこられなくなったとき、三階の彼女のアパルトマンに住み込んだが、母親の死後もそのアパルトマンに残り、屋根裏の仕事部屋に昇っていくことがだんだんまれになったのは、階段を昇るのが彼にもきつくなったからだ。彼が息切れしやすくなり、通りを歩いていてもときどき立ち止まることに、われわれは気づいていた。ロランは、むかし患った肺結核で、交通事故の衝撃というよりも若いころの病気の後遺症で死んだ。入院当初は軽傷と診断されたにもかかわらず、弱っていた肺のせいで命尽きた。

包み隠さずに言うが、彼の本に再度没頭するのは私には必ずしも容易ではない。好きな本もあれば、それほどでもない本もある。ラシーヌ劇の悲劇的な部分を捨象してしまっている彼のラシーヌ読解に関して、学生に警戒心を持たせなければならなかったことはすでに述べた。理工科学校に合格した日に『S／Z』を買い求めたこともすでに述べたが（奇妙な褒美だ）、もう二十年も前にこれを授業のプログラムに掲げたとき、バルザックの中篇小説をめぐる冒頭の種々の魅力的な分析コードの計画の先は、少々ごてごてと入り組んでいると思われた。レヴィ゠ストロースはその剽窃[151]を行なったが、ロランはそれを一個のオマージュと受け取ったことだろう（この逸話にどれほどの価値があるか私には定かではない）。

直接面識のあった作家について書いてはならないのかもしれない。プルーストは、「スタンダールの友人だったことは、いかなる点で、彼をより的確に評価することを可能にするというのか？」と問いながら、サント゠ブーヴを厳しく非難していた。これは修辞疑問であり、彼には明確な見解があった。『スワン家のほうへ』刊行の際、献呈の辞を添えて一部を贈呈していた友人のルイ・ダルビュフェラ[152]の意見を求めたあと、このような返事を受け取っていた――「ぼくがき

151　バルトから『S／Z』を贈られたレヴィ゠ストロースは、礼状代わりに、登場人物の名前がはらむシニフィアンとシニフィエの性別のずれ、および人物間の血縁・婚姻関係の錯綜に着目して、「去勢」の外観の裏により深いテーマとして「近親婚」が作動しているとする独自の「構造主義的」読解を送り、バルトを喜ばせた。ところが、後年のインタビューでレヴィ゠ストロースは、この返信は、バルトの分析手法への苛立ちを隠蔽するための冗談、偽善的剽窃にすぎなかったと告白し、文学テクストに構造分析を適用するバルトの手法への原則的疑義を表明している（ディディエ・エリボンとの対話『遠近の回想』、竹内信夫訳、みすず書房、一九九一、一三九頁）。バルト伝の著者マリー・ジルは、レヴィ゠ストロースの返信が彼独自の着眼と文体で書かれている点に着目し、彼はバルトを断罪しながらも、『S／Z』の文学性に触発されるところがあったからこそ、新たな構造的読解を試みたのではないかとし、とくにバルトの本のタイトルと異父兄弟ミシェルの姓Salzedo（SとZを含む）との関連に注意を喚起する独自の解釈を素描している（Marie Gil, *Roland Barthes au lieu de la vie*, Flammarion, 2012, p. 342-345）。

みの本を受け取ったのなら、それを読んだと信じてもらってよいが、受け取ったかどうか確信がないんだ」。ロランと付き合いのなかった若者たち、彼の死後に生まれ、今になって彼の本を発見する若者たちのほうが、それについて語るにふさわしい立場にある。彼らは、『失われた時を求めて』の主人公がスタンダールへの称賛を口にするときに彼を叱るヴィルパリジ侯爵夫人の悪癖には陥らないだろうから。「私の父があの人にお会いしましたのはメリメさんのお宅で——才能あふれるかたでしたわ、すくなくともこちらは——、父がよく私に申していましたが、ベールは（それがあの人のお名前です）おそろしく俗悪な男だが、晩餐の席では才気煥発になり、自分の本のことでうぬぼれることはないんだそうです。[153]」プルーストについて興味深いことが語られはじめるのは、最後の証言者が亡くなったあと、作家が敵たちから、とくに友人たちから解き放たれてからである。プルースト、お前もか、と人は言うだろう。それまでの彼は、ちょっとした手紙を彼からもらったという口実のもとにわずかな思い出を公表する、どうでもよい知人たちに囚われた身だった。

　十年ほど前に出した本『アンチモダン』において私は、ロランをこのタイトルが指す作家たちの一人、一個の「アンチモダン」、つまり慎重なモダン、真正なモダンとみなした。このような着想を得たのは、ブルー街の現代出版資料研究所で、小説の準備に関するロランの最後の講義の原稿を読んだときである。彼はそこで、何としても新しいものをという要請や未来への祈願といったモダニスト的ドグマに、疑念を呈していた。前衛的テクストを特徴的づける難解さには距離を置き、自ら座を占めたいと願う「前衛の後衛」の位置取りに共感を示していた。同じころ、『ヌーヴェル・オプセルヴァトゥール』誌に連載した郷愁的なコラムは、現代世界に対するより古典的な非難に近づいていた。もはや保守性は、戦後の『現代社会の神話(ミトロジー)』の時期のように、画一主義的なプチブルから発するものではなくなり、私の年代、すなわち、かつての六八年世代で、「ボヘミアン・ブルジョワ」[154]と呼ばれはじめていた社会的成功者たちの形成する階級の自己満足

152 (185ページ) ルイ・ダルビュフェラ侯爵(のちダルビュフェラ公爵、シュシュ伯爵、一八七一―一九五三)は、ナポレオンにより爵位を与えられた帝政貴族の家柄。ラシェルと口論するサン・ルーに自分の姿を認め、プルーストと絶交したとされる(フィリップ・ミシェル゠チリエ『事典プルースト博物館』、保苅瑞穂監修、湯沢英彦・中野知律・横山裕人訳、筑摩書房、二〇〇二、四五二頁)。

153 プルースト『失われた時を求めて』4『花咲く乙女たちのかげにII』、吉川一義訳、岩波文庫、二〇一二、一六四頁。ヴィルパリジ侯爵夫人は、ゲルマント侯爵夫人および公爵夫人の伯母。主人公の祖母の幼友達で、二人はバルベックで再会する(前掲書『事典プルースト博物館』三九四―三九五頁を参照)。

154 ボヘミアン・ブルジョワ « bourgeois-bohème »(通称 « bobo »)とは、比較的富裕(中流の上層)で、政治的には左翼、生き方のなかにある種の個人主義的洗練を貫く人々を指すタームとして、アメリカのジャーナリスト、デイヴィッド・ブルックスがその著書『楽園のボボ』(二〇〇〇)で広めた呼称。フランスの社会学者ミシェル・クルスカールが一九七〇年代にこのタームを用いている。バルトの晩年と今日とでは、またアメリカとフランスとではその内実にずれがあるが、たとえば、共稼ぎで収入は十分なのに子供を作らない(「ダブル・インカム、ノー・キッズ」[DINK])夫婦や、ブランド品ではないが良品を求め、無農薬野菜しか食べない、等々も「ボボ」の特徴になりうる。

を活気づける力となっていた。イデオロギーの別名である不誠実や自己欺瞞は、もはや右翼の特徴ではなくなり、左翼のものとなった。標的は以前よりも捕捉しがたくなり、ロランはまもなく週刊誌の連載コラムを断念した。私の着想を展開するために、ロランの初期の記事を再読して、自己満足した前衛の流行についてはロをつぐむ態度が、彼には昔からあったのを読み取った。

この説が気に食わない人もあり、異議申し立てを受けた。この説に一つの非難を読み取った人々がいたが、じつはまったく逆で、ロランは、彼を導く灯台であったシャトーブリアンやボードレールやプルーストのような、あらゆる進歩に付きものの愛惜に気を配る、だまされない最良のモダンたちのかたわらに配されていた。彼を茶化すどころか、私としては、彼の仲間たちの何人かが示した盲目的政治参加から彼を救い出したつもりである(『テル・ケル』誌の闘士たちとの一九七四年の中国旅行の記録[155]ほど、覚めきったものはない)。私がこの説を立てたのはまた、彼の晩年に親しく接したからであり、小さな自伝以後、恋愛のディスクールと写真をめぐるエッセイをとおして、彼の執筆の運動に立ち会ったからであり、日常生活、社会生活における彼のふるまいを注意深く見守ったからである。

最後に、私がこの説にこだわるのは、われわれが以下の点で一致していたからである。「あらゆる流行から解き放たれ、しかもその手前には留まらない」――四十年前、はじめて読んでくれたテクストを、ロランはこのように形容した。まったく記憶から消えていたが、彼の手紙の一通のなかに見つけたこの言い回しは、彼が身を据えたかった前衛の後部、最も厄介な用心深さが必要な場所を、このうえなく的確に描き出すように思われる。この判定が、あのとき私が彼に見せた原稿について下されたのが妥当だったかについては、皆目見当がつかないが、私はこの言い回しに、自分がアンチモダンの作家と形容した番兵たちの最良の定義を見出す。そしてこの理想がどこに由来しているかをよく知っている。

歯医者に行くのに、いつものようにエレヴェーターを使わずに階段を昇った。二階の戸口ではたと立ち止まる。そこにはえんじ色の縁取りの大きな靴拭きマットが置いてあり、そのまん中に、執達吏か弁護士か、これまた緋色の大文字でR. B. という大きなイニシャルが記されている。それで、思いは不意にロランに向かった。道すがら、彼のことを考えていた。前夜、生誕百年を記念して開催される『恋愛のディスクール・断章』をめぐる展覧会の、初日前夜の特別招待展(ヴェルニサージュ)を観に国立図書館に行ってきたのだ。彼の筆跡を、メモ帳やノートや手帳を見た。草稿のいくつかの頁が開かれて展示されており、そのどれもが次々と思い出を覚醒させた。エリックに託すために選り出した一九七六年夏の手紙の束と同じ時期に書かれたものだからである。あらためて思ったことだが、それらの手紙の何通かは、いま読み返すと、まるで自分に宛てて書かれたものではないかのようで、じつに美しく、奇妙に文学的で古典的に見える。ユルトの朝の感覚を語るロラン

155 『中国旅行ノート』二〇〇九/桑田光平訳、ちくま文庫、二〇一一。

は本物の作家であり、ほとんどジッドばりの文章だ。これらの数頁は、作家たちのすばらしい書簡の伝統に則して簡潔で、同時に感性豊かで親しげな、ロランの高貴なイメージを与えてくれる。これらの手紙を受け取ったことがうれしくて、多少誇りにさえ思う。もしこれらを保管していなかったら、嘆かわしいことになっていただろう。

私の記憶のなかのロラン、それは永遠に、いくつかのオブジェ（「過渡的な」[156]と彼なら付け加えただろう、彼をいくぶん愚かしく見せた学者ぶりとともに）であるだろう。小さなリングメモ帳に書き込むのにポケットから取り出すボールペン。食事の終わりにテーブルの上に置かれる葉巻入れ、レストランで勘定をするのに財布から抜き出す二つ折りの小切手（クレジットカードが普及する前には慣例だったように、いつも小切手帳から二、三枚を切り離して携帯していた。その習慣を私もまねた）。ポンロワイヤルのバーで、はじめて折入った相談をした面会の際に飲んだシャンパン。ある晩、私の家で二人だけの夕食をとったときに、ロランが持参した馬鹿でかいピティヴィエ。フランジパーヌ［アーモンド入りカスタードクリーム］が好きだと話したことがあったので、これを思いついたのだ。ユルトで彼が自分で作ったカードボックス。彼に倣って絵を始めるようにと贈ってくれたセヌリエ社製の豪華なパステルセット（試してみたが、ろくなものが描けなかった）。グランヴィルにドライブしたときに海洋用品店で彼が買い求めた、粗い手触りの船員用半コート。彼の元気な姿を最後に見たときに履いていたペッカリ革の靴。「アントワーヌのために、彼の友ロランより」という献辞とともに贈られた何冊かの本。

それはまたさまざまなイメージないし動作でもある。餓えた人のように指でつかんで貪りながら、あっという間に料理を平らげてしまうロラン。葉巻に触れ、親指と人差し指と中指でぐるぐる回しては、長いマッチでゆっくりと静かに火を点ける、そんな儀式に黙々と没頭しているロラン。バイヨンヌ－ユルト間を、赤いフォルクスワーゲンを運転して走るロラン。音響に耳を聾され、まったく不似合いな場所に来てしまったのに、好奇心は旺盛で行儀のよい、パラス劇場[157]でのロラン。セルヴァンドーニ街の三階の、質素で修道院のような小さなアパルトマンでピアノを弾くロラン。カメラを横目で見ながら、レカミエ劇場を出るロラン。コレージュ・ド・フランスでの講義の最中に、聴講者たちが録音用のマイクロカセットを裏返すのを待ちながら虚空に目をやり、自分はここで何をしているのだろうと自問しているロラン。

156 「過渡対象（移行対象）」とは、イギリスの小児科医・精神分析学者ドナルド・ウィニコット（一八九六―一九七一）の用語で、乳幼児が特別な愛着を寄せるぬいぐるみなどのオブジェを指す。母子未分化状態から分離状態への移行に伴う子どもの不安を緩和する機能を果たすとされる。過渡対象は、人の一生を通じてさまざまな形で存在しうる。

157 「パラス」は、パリ九区、フォーブール・モンマルトル街に一九二〇年代から存在する劇場で、何度か改名しながら、ブールヴァール劇、レヴュー、オペレッタ、映画上映など、さまざまな娯楽を提供したが、七〇年代から八〇年代前半にかけて、ポップミュージックとゲイ文化の色彩の濃い発展を見せる。バルトはここを訪れた感想「パラス座にて、今夜……」と題する文章を「ヴォーグ・オム」一九七八年五月号に発表、これはのちに『偶景』（一九八七／沢崎浩平・萩原芳子訳、みすず書房、一九八九、新装版二〇〇二）に収められた。

それはとくにもろもろの書物である。私の好きな本。それほどでもない本。ちょうどセミナーに出ていたときに刊行された彼の小さな自伝や、執筆の過程を見守った恋愛のディスクールのあのような形姿（フィギュール）や、私には彼の手になる本物の小説に見える写真論や、喪の日記——そこでの私は応答があまりに分別くさくて冴えない役しか演じていないが——をはじめとする何冊かの没後刊行物のように、私が深く愛する本。明日、ロランからもらった手紙を、国立図書館に託すつもりだ。

二重の肖像　訳者解説

二〇一五年はロラン・バルトの生誕百年にあたる年だった。そのような節目には当該作家の仕事をあらためて振り返り、その歴史的ないし現代的意味を定義しなおし、自国の文化遺産の顕揚へとつなげることを怠らないフランスでは、いくつものバルト研究集会（コロック）が企画され、何冊ものバルト関連書籍が刊行された。本書もそうした状況から生まれた一冊である。

著者アントワーヌ・コンパニョンがバルト最後の高弟であったことは、かねてより広く知られていた。しかし、二人の師弟関係が実際にはどのようなものであったのか、コンパニョンがバルトから何を受け取ったのか、一九七七年にスリジーで開催された自身をめぐるコロックの組織・運営を弱冠二十七歳のコンパニョンに任せたバルトは、彼のどのような資質を買っていたのか、学問的枠組を超えた二人の人間的交流はどのようなものであったのか、等については、これまでほとんど明かされることがなかった。「記憶の表面を覆う茨を掻き分け、忘却の腐植土を掘り返」しながら、バルトとの交流を再考し、彼への負債をあらためて考量し、公にすることへの逡巡、というかそれを億劫に思う気持ちが、いかに根強かったかを、コンパニョンは本書冒頭で正直に語っている。生誕百年記念にバルト書簡集を編もうとするエリック・マルティの要請を受けても、四十年近く前にバルトからもらった手紙を読み直す気には容易になれない。手紙が宿す遠い過去に浸りなおすには相応の覚悟とエネルギーが必要で、再構築される過去が他人の目にさらすに値するものかという懸念もある。何よりも、限られた期間であれ、師であると同時に友人でもあった人、しかもその人が他の若者たちと個別に結んでいた多数の関係のどれとも似つかない特権的関係を自分が結び、相互に触発しあう充実した時間を共有したという自負を持つ相手、いまや記憶のなかに内化されたバルトを、あらためて対象化し、公に向けて語ることには、相当な抵抗があったことはたしかだ。

つねづねコンパニョンは、自分をバルトの専門家とみなす世間の受け止め方を強く打ち消してきた。「ロランと知り合って以来、彼の著作を学生として、のちには教師として、読むことができなくなった。［……］私はロランの著作をもっぱら注意深い素人読者として読んできたのであり、けっして博学の通（つう）としてではなかった」。もっとも、旧著『文学をめぐる理論と常識』では、文学理論家・修辞学者としてのバルトを正面切って批判しているし、『アンチモダン』では、「前衛の後衛」、「後衛の前衛」としてのバルトを、ド・メーストル、シャトーブリアン、ボードレールらの真正なるモダンの系譜の最後に配している。彼がバルトを知的に論じることは、じつはこれまでにもあったのだ。ただし、彼が批判するバルトは、二人が知り合う前の理論家バルトであり、『アンチモダン』で肯定的に論じられるバルト像の機縁となっているのは、二人の付き合いのあった時期に書かれたものには違いないが、彼が定期的に出席したわけではないコレージュ・ド・フランスでのバルト最後の講義「小説の準備I・II」（一九七八—七九／七九—八〇）の講義ノートである。言いかえれば、二人が直接交渉のあった時期に関しては、バルトの作品についても、その人となりについても、コンパニョンが本格的に語ることはなかった。そのような彼も、生誕百年という状況に促されて、いよいよ重い腰を上げることになる。

本書が描き出すのは、コンパニョンが社会学高等研究院におけるバルトのセミナーに参加することを希望して面接試験を受けた一九七四年秋から、八〇年春のバルトの死にいたる五年半、なかでも、バルトの避暑地ユルトを訪れた七六年七月を中間点とする二年間の、両者の親密な交流である。この時期のバルトには、社会学高等研究院からコレージュ・ド・フランスへの転任、最愛の母親の死、という二つの大きなできごとがあり、仕事の面での彼は、コレージュでの講義を準備しながら、『彼自身によるロラン・バルト』（七五年）を刊行し、二年続いた高等研究院のセミナーに基づく『恋愛のディスクール・断章』（七七年）を本にまとめ、さらに『明るい部屋』（八〇年）の執筆を進める。一方、コンパニョンのほうは、理工科学校と国立土木学校という理系エリートを育成するグラン・ゼコールを二つも修了しながら、文転を決意し、文学部（当時は「教育研究単位」UFRと呼ばれた）に登録して博士論文を仕上げ、それをもとに最初の本を出版する時期である。文転したあとも、彼は文学研究か創作かというもう一つの二者択一を前に迷っていた。あらゆる面で秀才であるがゆえに天職を見出しかねている若者の文学的キャリアのはじまりと、老境に差しかかった高名で孤独な批評家の晩年とが交差し浸透しあった数年が、四十年近い歳月を経て、記憶の深みから掘り起こされる。そこに立ち現われるのは、生き生きとした人間的感触に満ちたバルトの肖像であるとともに、明敏だが未熟さを残す観察者、青年コンパニョンの自画像でもある。その背景をなす一九七〇年代の知的活力に溢れるパリという環境、そこで大学人、知識人、出版人たちが織りなす人間模様も、本書の興味を増すものだ。

しかもこれら二重の肖像は、自らバルトが亡くなった年齢に達したことに気づいて驚く六十四歳のコンパニョンの批評的視線が捉えた肖像である。過去を把握しなおそうとする著者の営みそのものを書き込んでいる点が、本書の大きな特徴である。編者あるいは著者の現在を捨象して、過去をあったままに再構成しようとする書簡集や伝記とは違い、現在から過去を照射する批評性のみならず、捉えなおし意味づけを図るプロセスそのものを記述する姿勢こそ、生誕百年を機に刊行された数多くの書物のなかで本書がひときわ精彩を放つゆえんである。その意味では、本書は三重の肖像と呼ぶべきかもしれない。

著者は冒頭から、いわば自らの叙述の基本的調性を手さぐりする。本書では、冒頭第一文「ロラン・バルトは、一九七八年に行なったある講演を［……］」を除いて、バルトは一貫して「ロラン」と呼ばれる。つまり、このバルトの肖像は、終始、二人のかつての親炙のなかに位置づけられており、たとえバルトの著作への言及がちりばめられてはいても、著者が文学理論家・文学史家・批評家として、バルトの仕事を客観的に裁断することを旨とする書物ではない。本書におけるコンパニョンは、理論的厳密さや叙述のエコノミーには拘泥せず、現実の時間の流れにゆるやかに沿って、話題から話題へと軽やかに移りながら、反復をいとわず、自由な想起や連想に任せて過去を浮上させることを試みる。とはいえ、本書は単なる回顧録や逸話の寄せ集めではない。自分がバルトに負っているものを時間の濾過作用を経て捉えなおそうとする実存的企図は明確である。「バルト探索」という固い理論書ではない反面、「ロランと私」という親密さだけを売りにする本でもない。本書は両者の中間に位置する。著者は友誼の圏域に身を持しながら、バルトから受けた恩恵を知的に考量する。まさに「ロラン探索」である。

では、バルトの何がコンパニョンを最も触発したのだろうか。若いエンジニアであった彼を惹きつけたのは、晩年の作家バルトではなく、知識人、評論家、理論家のバルトだった。しかしひとたび付き合いが始まると、バルトは師匠として、それも思想上の師というよりも規律と技巧を身につけた工匠として、彼を魅了する。日常いかなるときにも頭に浮かぶ着想を逃さず手帳にメモし、帰宅後それをカードに書き写し、カードが溜まるとその配列を考え、手書きで文章を執筆し、それを清書し、やがてタイプで打つといったプロセスを勤勉に続ける職人バルトである。とくに七六年七月、バルトが毎年母親および異父弟夫婦とともに夏を過ごす南西フランスのユルトを訪ねたコンパニョンは、バルトの仕事ぶりを間近から眺め、強い感銘を受ける（「ロランの仕事ぶりをこの目で見たことは、いつまでも消えない刻印を私に残した」）。また、コンパニョンが参加した「恋愛のディスクール」をめぐるセミナーでのバルトは、「いわば内面の火によって霊感を受けていた」とまで言う。

ところが、そのようにバルトの知的作業に立ち会い、それに感嘆しながら、コンパニョンはそれを模倣することはおろか、全面的に是認することもしない。会食中にもしばしば皿のかたわらにメモ帳を取り出して、思い浮かぶアイデアを書きとめるバルトの仕草について、「彼ほど洗練され、かつ鷹揚な人にあって［……］いかにも礼儀作法に反していた」と、礼節の観点から留保を表明し、同時にそうした方法の有効性についても疑義を示す――「もしそれがはっきり思い出せないのなら、書きとめるに値しないということだ。忘却がその運命の一部をなしている。記憶に止めるに値するものなら、また意識にのぼるはずだ」。この種の留保は、単に知的作業の技法の問題にとどまるものではなく、おのずと人となりの問題に関わってくる。本物の作家にはいくばくかの愚かさが不可欠なことを論じるくだりで、コンパニョンは、空中を飛ぶ蝶を捕まえてピンで固定するように、思い浮かんだ考えをメモしなければ気が済まないバルトの性癖を、流謫のユゴーが実践したと言われるコックリさん（テーブル・ターニング）になぞらえ、「ある種の子供っぽさとして大目に見よう」と書く。

コンパニョンは、整理用カードの配列をもとに文章を起こすバルトの流儀にも馴染めなかった。しかし彼がバルトから受けた真の触発は、これら即物的な技法にではなく、もっと抽象的な倫理の次元に関わっていた。それは何よりも、バルトが身をもって示す勤勉さであるが、また、どれほど経験を積んでもものを書くことに伴う本質的な不安に、そのつど果敢に身をさらす誠実さでもあった——「私は彼のかたわらで、ものを書くとはたいへんな苦役であり、何冊もの本が首尾よく書けたとしても、次の本がうまく行くとは限らないことを学んだ」。それを彼はバルトから受けた「人を謙虚にする教訓」と感じ、けっして自己流を押しつけたり自慢したりすることのないバルトの慎み深さ、自他の自由を尊重する態度に結びつける。また、彼にとってバルトは、理系から転じて文学研究の道を歩みはじめた人生の転機に、終始かたわらにいて自分の話を聞いてくれた人であり、彼はとくにその点で大きな恩義を感じていた。バルトは聞き上手でもあったのだ。やがてコンパニョンが第三期課程博士号を取得し、彼の文転が本物であることを見極めると、バルトは、人は母語の内部でしか本当の仕事はできないという考えに立ち、外国に職を求めることには反対しながら、友人たちを動かしてフランス国内でポストが見つかるよう尽力する（結局は不調に終わるのだが）。

逆に、バルトの目にコンパニョンはどう映っていたのだろうか。それをわれわれは、コンパニョンがバルトに向ける視線から、彼の語る言葉から、推測するしかない。バルトの周囲には多数の若者が行き交っていたが、コンパニョンは彼らとは一定の距離を置き、バルトと会うときは一対一で対面する希望を終始貫いた。一九七五年四月に一年目のセミナーが終了し、翌年度のセミナーに引き続き参加するかどうかを相談するために、夏前にバルトの指定したバー・ポンロワイヤルで、つまり高等研究院以外の場所で、はじめてサシで会う。一年目のセミナーで吸収できるものは十分吸収したはずだから二年目を続けるには及ばない、というのがバルトの助言だったようだが、この面談を機に二人は親密になり、週に一度夕食を共にする習慣が生まれる。ときには互いの住まいにシャンパンやデザートを持参して夕食をとる。オペラ座でワーグナーをいっしょに観劇し、バルトは自ら使いこなせないオリヴェッティ社製の電動タイプをコンパニョンに譲る。翌七六年七月に、コンパニョンはピレネー地方のバルト一家の避暑地ユルトに招かれている。これらはすべてバルトの寵愛のしるしには違いないが、その背景にはコンパニョンの並はずれた知性と人柄への全幅の信頼があったに違いない。バルトは二十五歳のコンパニョンに、翌年スリジーで開催予定の、彼自身がテーマになる研究集会（コロック）の運営責任者の役目を依頼する。また、当時準備中の『恋愛のディスクール・断章』の表紙にあしらう図柄として、ロンドンのナショナル・ギャラリー所蔵のヴェロッキオ作「トビアスと天使」はどうかというコンパニョンの提案に飛びつく。さらにその年の秋のコレージュ・ド・フランスでの就任講義のタイトルを、読書という語源的意味をもつ « Leçon » はどうかという彼の助言を受け容れている。

コンパニョンが書いたものへのバルトの評価はというと、はじめて読んでもらった博士論文序章をめぐる感想は、本書執筆の時点で当人が再読しても、誠実さが疑われるほどの激賞ぶりだった。スリジー・コロック開催中に読んでもらった博士論文第一稿に関しても、はらはらしながら講評を心待ちにしていたコンパニョンに対し、バルトは昂揚してほめちぎる。コンパニョンは励まされながらも、かえって自分自身に疑心暗鬼になる。イタリアの出版社から刊行される百科事典のために「読書」の項目を共同執筆した際も、コンパニョンの執筆した数頁をバルトは「申し分ない」と評価し、わずかに数段落を加筆しただけだった。このように、二十代半ばのコンパニョンはすでに、バルトが口を挟む余地のないような独自の切り口と緻密な論理を備えていた。少なくともバルトは、教師が生徒の書き物の難点を指摘し改良のヒントを与えるような指導を、コンパニョンに対しては一度も行なわなかったと思われる。

本書における過去の再構築は、著者の現在に強く規定されている。描き出される青年コンパニョンのものの見方、感じ方は、著者コンパニョンの記憶と批評意識に依拠しており、後者が前者を、歪曲を避けながら包み込むような二重構造をなしている。ことバルトの著作の評価に関しては、後者が圧倒的な主導権をふるい、前者を修正する場合がある。刊行時に買い求めたときには、それが例証する科学的な文学研究の可能性に心ときめかしたものの、時をおいて授業でとりあげた際にはその難点が目に付いたという『S／Z』の場合が典型的である。バルトの著作でコンパニョンが好むのは、初期の文学批評や『ミシュレ』を除くと、何よりも『彼自身によるロラン・バルト』であり、ついでその生成に間近から立ち会った『恋愛のディスクール・断章』と『明るい部屋』、それに講義ノートの形でしか残されなかった最後の講義『小説の準備』、没後刊行の『喪の日記』といったところで、おおむね作家の様相の濃い晩年のテクストである。これ以外のもの、とくに理論的性格の強いものについては、処女作『零度のエクリチュール』における「エクリチュール」の概念が「文体」と区別しにくいように、「どこか人為的でぼやけたものが残る」と否定的である。なかでも二十代のころから一度も好きになれなかったのが『ラシーヌ論』であり、悲劇性や崇高さ、あるいは宗教的次元をことごとく排除して、ラシーヌ悲劇を三面記事的事件に貶める「最も的外れな本」と手厳しい。『ラシーヌ論』へのこうした不満を、若いコンパニョンは生前のバルトに直接ぶつけている。

旧師が亡くなった年齢に達したコンパニョンは、バルトの仕事についてこのように肯定と否定が相半ばする裁断を下すのだが、その背景には「だれかを愛するには、その著書全部を好きになる必要はない」という柔軟な価値観が控えている。バルトの死後、年齢を重ねるにつれて、コンパニョンの仕事がアカデミックな傾向を強めていったことは周知のとおりである。とくに、構造主義全盛の時代に旧弊な文学研究の遺物のようにみなされた文学史に興味を寄せ、十九世紀におけるその推進者であったランソンやブリュヌティエールの研究を進めるコンパニョンのことを、バルトへの背信のように非難する向きもあった。その種の非難に対してコンパニョンは、十代の半ばまでアメリカで過ごし、フランス流の文学史教育を受けた経験がない者にとって、構造主義によってあれほど足蹴にされた文学史や、ソルボンヌ流の源流や影響の研究への興味は、無知に促された素朴な関心だったと反論している。

このように、メモやカードを活用する師の技法に目をみはりながら、それを模倣しないばかりか、その効用にも懐疑的なコンパニョンは、また師の著作に対しても多分に批判的である。バルトが、年少のコンパニョンの仕事にも人間性にも熱烈な称賛と激励を惜しまなかったのと対照的である。それでもコンパニョンは、バルトの学恩への感謝と人間バルトへの敬愛にかけてはだれにも引けをとらないことを断言してはばからない（「自分以上にロランに忠実な者はいなかったという確信がある」）。彼がバルトから受けた触発が同化を伴わないように見え、彼がバルト流の個人芸からアカデミズムのほうへ離反していくように見えても、表層での裏切りは深いところでの忠誠を妨げない、という揺るがぬ確信があるようだ。それを言うのにコンパニョンは、モンテーニュの蜜蜂の比喩（『エセー』第一巻二五章）を借用する――自分がロランから学び取ったのは、「おうむ返し」でも「猿まね」でもない。それは「花から花へ跳び回って採取した蜜から独自の蜜を製造する蜂」のふるまいであり、「けっして複製することも偽造することもなく、ロランの蜜を自分なりに造った」。コンパニョンにとってバルトの職人的触発とは、技法よりは態度に関わる何か、「苦役」や「内面の火」に託される何かであった。自他の自由を尊重し、自己の流儀を押しつけることとは最も縁遠い人、言説がふるう抑圧にあれほど敏感であったバルトへの忠実とは、他への忠実ではありえず、自己の内発的な促しに忠実であることに他ならない。それが手本からの離反の軌道を描こうとも、その離反こそが忠実ということになる。

興味深いのは、忠実の弁明が夢のなかに位置づけられている点である。夢に現れるロランは、死んではおらず、「一時的に「私」から身を隠しているにすぎないのだ」と悲しげな顔で告げる。彼は「良心の究明」を迫る超自我のように、「私」に漠たる罪悪感を惹起する。他人に忠告を垂れることをしなかったロランが、外国に職を求めに行こうとする「私」に向かって、「人は母語のなかで生きるべきで、母語のなかに身を置くことがものを書くには不可欠」だとして思いとどまらせようとするのも、また「私」が、ロランの死の直後にフランスを離れ、ますますアカデミックな学風に向かったという二重の離反にもかかわらず、だれよりもロランに忠実だったと弁明するのも、この夢のなかである。夢が深層を開示するという紋切り型を踏まえながら、あたかも自分の誠実さに関する他人の疑念を、またそれがそそる不安を、演出しているかのようである。

このような知的・文学的触発とは別に、人間バルトが見せる独特の相貌をスナップショットのように捉えているのも、本書特有の魅力である。コンパニョンは、会食の際にバルトが早食いだったことを紹介する。料理がテーブルに置かれたとたんに、まるで朝から何も食べていないかのように、箸など使わずに手づかみで春巻きを貪る姿に言及したあと、「彼を一見がつがつと食べ物に駆り立てるものは、空腹でも大食でもなく、おそらくは倦怠だった。彼の身振りのすべてにまといつく漠とした悲しみだった」と注釈する。さらにその早食いぶりが、かつて長いサナトリウム生活のなかで、結核を治すにはたくさん食べなければならないことを教え込まれた結果だと言われ、それがコンパニョンの語るバルトの本当の死因——交通事故による負傷ではなく、かつての肺結核に起因する肺機能の弱まり——につながるとき、この「漠とした悲しみ」の実体が明らかになる。

あるいは、会食者や取り巻き連をいつも必要としていながら、食事中は心ここにあらずといった様子であまりしゃべらず、自分の憂さを晴らしに集まってくれた人々を残して早々に退席してしまう、人混み嫌いの社交家とも呼ぶべきバルト。会うたびに開口一番、あそこが痛い、ここが痛いと不調をかこち、執筆の行き詰まりや、インタビューや原稿の注文の殺到や、書いたものを「読んでほしい」と送りつけてくる素人作家たちの無神経な依頼を嘆きはじめるバルト。カフェのホールを横切る若い男を、凝視するのではなく、放心したように目で追うバルト。二人がはじめてバー・ポンロワイヤルで会ったとき、バルトはまさにそのような目でコンパニョンを見たという。

コンパニョンはときに、バルトに自分の父親を重ね見る。二人は一歳違いの同時代人であるばかりか、バルトの父親ルイ・バルトが第一世界大戦中に英仏海峡の海戦で戦死したその日に、コンパニョンの父親が生まれている。めでたい日がまた悪い日ともなった符合に、著者は奇妙な巡り合わせを感じている。本書において、バルトと著者の父親はしばしば並べて論じられる。たとえば、「愛する者たちには、決まってこちらを苛立たせる些細なふるまい、無意識の癖、しきたりがある。やがて彼らがこの世にいなくなると、われわれが最も強い感動を持って思い浮かべるのは、かつて神経に障ったこうした細部である」（160頁）という言葉で始まる味わい深い一節がそうである。バルトの癖とは、会ったとたんに並べはじめる泣き言であり、著者の父親の癖とは、息子が二十歳のときも還暦を越しても、会うたびに「こんにちは、わが息子」と呼びかける癖だった。どちらの場合も、コンパニョンは苛立ち、相手を突き飛ばしてやりたい衝動に駆られながら自制した。しかし彼らがこの世にいなくなると、もう自分の前で泣き言を並べては同情を惹こうとする者はおらず、もうだれも自分を「わが息子」とは呼ばない、という自明の事実を突きつけられる。そのような二人が、コンパニョンがパリ第七大学地下のホールで博士論文口述審査を受けた日に、ただ一度だけ同席し、息子が、弟子が、小意地の悪い審査員相手の厳しい口頭試問の試練を切り抜ける晴れ姿を、息を呑んで見守る。審査会が終わると、二人は言葉を交わすことも互いに認識し合うこともないまま、会場を後にする（114―117頁）。コンパニョンの父親は軍人で、バルトの親族には海軍将校が何人もいた。コンパニョンの父親は、バルトより三十年も長生きした。これら二つのパッセージは、ともに人生の機微を痛切に感じさせて、本書のなかでもすばらしいくだりである。

バルトと父親の間にこのような類比と対照を描き出すコンパニョンは、バルトと自身の境遇をも引き比べる。物心つかない時分に戦争で父親を亡くしたバルトは、母親との絆が並はずれて強固だった。バルトの母はすばらしい女性だったが、彼女はまた、二人の息子が六十代と五十代になるまで巣立ちを許さない恐ろしい女性ではなかったか。息子たちは一生、心地よい母の巣の虜囚の境遇に甘んじた。それに比べて、自分は十代の半ばに母親と死別してさびしい思いをしたけれども、そのおかげで虜囚になることは免れた。――コンパニョンの思いはそのようにめぐる。

本書における青年コンパニョンは、貪欲な好奇心と、明敏な勤勉さを備え、友情を尊びながらも群れることを嫌う、独立独歩の知性である。彼はとりわけ、潔癖な気遣いに溢れている。個人的な付き合いが始まってからまもなく、バルトが、あらたまった「あなた（ヴー）」は止めて今後は「君（チュ）」で呼び合おうと提案しても、友人になったとはいえ、依然師として敬っている人を「君」呼ばわりすることを受け容れない。博士論文の指導教官をバルトではなくクリステヴァに依頼したのは、単純にクリステヴァとは面識がなかったからなのだが、バルトはその説明にけげんな顔をする。バルトにしてみれば、友人が指導教員になることは何ら不自然ではなく、そもそも博士論文第一稿を最初に通読したのは自分ではないかという思いがあった。クリステヴァも後年コンパニョンに、なぜ自分を指導教官に選んだのかと尋ねている。三人のなかで最年少のコンパニョンが、指導教官と友人の間に最も厳格な仕切りを設けていたことがわかる。けじめのなかで、客観的でフェアーな判定を受けたいという潔癖さに他ならない。ひとたび知り合えば人と作品は不可分な関係になるという理由から、バルトの専門家とみなされることを忌避するのも、潔癖さの一つの顕れと言えるだろう。

しかし本書が提示する青年コンパニョンの肖像は、完全無欠の秀才像ではない。この青年はときにヘマもやらかせば、思慮不足を露呈しもする成長途上の若者である。あるパーティーで、当時すでに名前の知れていた女優のイザベル・アジャーニとダンスをしながらうっかり相手の職業を尋ね、せっかく始まりかけた付き合いを台無しにしてしまう。なかでも、著者がかつての自分が犯した最も悔やまれるふるまいだと告白するのは、バルトへの思いやりの欠如である。頻繁に身体の不調、つまり偏頭痛やら関節痛やら吐き気やらをかこち、会食の帰りにいつもの薬局で薬を買うバルトを、コンパニョン青年は「心気症患者を茶化すように、やんわりとからかった」。こうして彼は後年、バルトの死が、若いころに患った肺結核に起因していたことを知って、自らの軽率なふるまいを悔いる羽目になる。それに劣らず彼に苦い思いをかき立てるのは、最愛の母親を失ったバルトに、十分な支えの手を差し伸べられなかったことである。とくに、バルトが母親の死（七七年一〇月）の直後から翌年にかけて綴った『喪の日記』が、二〇〇九年になって公刊されたとき、そのなかで「AC」というイニシャルで呼ばれる自分が、母親を喪失した「悲しみ」という「終わりのない情動」のなかに身を持しつづけようとするバルトを、早晩終わりを迎える「喪」の次元に連れ出そうとする「恥ずべき役回り」を演じていたことを知って啞然とする。

ひとりで長々とACに説明した。わたしの悲しみが、いかに混沌として、不安定であるかを。その点において、喪の普通の——そして精神分析的な——概念に抵抗しているのだ。喪は、時間の作用を受けて、弁証法的過程をたどり、弱まって、「好転してゆく」ものだ、という概念に。悲しみは、すぐには何も奪い去ったりしない——が、そのかわりに「弱まる」こともない。

——それに答えてACが言う。そういうものですよ、喪というのは。

（『喪の日記』石川美子訳、みすず書房、二〇〇九、七三頁）

四十年ぶりに再読されるバルトの手紙には、二十代の青年に感じとれなかったことを、バルトが死んだ年齢に達した著者にひしひしと伝える面がある。それは上述のような、身体の不調や母親の死にまつわる感情であるが、また性にかかわる暗示でもある。バルトのセクシュアリティについては、彼を取り巻く若者たちの多くがゲイであり、バルト自身、若い男の姿を放心したように追うといった日常の素行から、周囲の者には生前から公然の秘密になっていた。モロッコでの淫蕩を綴った断章『偶景』を出版するかどうかの議論が、バルトの母親の死の直後に起こったとき、コンパニョンは、もうしばらくは母親の名誉を守るべく出版しないほうがよい、という助言を直接バルトにしている。結局このテクストは、もう一つの淫蕩の記録「パリの夜」とともに八二年に出版されるが、後者に記されたパリでの深夜の男漁りはコンパニョンには信じがたく、虚構が混入しているのではないかという疑念が今もってぬぐえない。「彼の手紙を再読しながら、自分の性向をさりげなく仄めかすときの彼の含羞が感じとれる。それが満たされることはまずないことがわかっているがゆえの含羞だ」――肝心の手紙が公刊されていないので、さしあたり著者のいうバルトの「含羞」を確認するすべはないのだが、当時手紙の文面に読み取れなかったものを、四十年後の再読で感じ取っている。

このように、四十年前にバルトから手紙を受け取った青年と、今日それらを再読する著者の間に存在する認識のギャップが、本書に奥行きを与えている。書簡再読という枠組が、過去の再構築と四十年の歳月の流れの喚起を、同時に可能にしているのだ。ところで本書の原題《L'Âge des lettres》のlettresには、複数の意味がある。第一に「手紙、書簡」であり、第二に「文芸、文学」である。さらに著者によれば、このタイトルの選択に際して、プルーストが『失われた時を求めて』の構成と各巻の表題を考えていた一九一三年七月、友人で作家のルイ・ド・ロベールに宛てた手紙の追記において、自作を三巻構成とし、それぞれに「名前の時代」《L'Âge des noms》、「言葉の時代」《L'Âge des mots》、「物の時代」《L'Âge des choses》という表題を考えているがどうだろうか、と相談しているのを踏まえたという。これら三つのタイトルは、巻ごとに露わになる認識の推移を表し、三巻は今日の『スワン家のほうへ』、『ゲルマントのほう』、『見出された時』に相当するという（吉川一義氏の御教示による）。プルーストへの参照はフランス本国でも専門家以外には思いもよらないはずなので今は置くとして、「書簡」と「文芸」の両義を内包するような邦語もなかなか見当たらない（たとえば

「文（ふみ）」は両義を包含するが、いかにも文語調である）。そこで著者と相談のうえ、明らかに優勢な「書簡」の意を邦題に採用することとした。

「書簡」再読の枠組を借りた本書には、ここまで触れてこなかったもう一つ特徴がある。コンパニョンはかねがね、バルトの著作の大半が注文によるか、注文によって書かれたものを集めた論集であることを指摘していた。本書でも繰り返しその事実を喚起している。課せられた窮屈な条件を逆手にとり、いわばその裏を書くことによってユニークなテクストを創造する点に、彼はバルトの真骨頂を見ている。その最も見事な実例に挙がるのが、『彼自身によるロラン・バルト』と『明るい部屋』である。前者は、「…自身による…」という名目で、現役作家に古典作家を論じさせる評伝シリーズ、スイユ社の「永遠の作家」叢書の一冊として刊行されたが、実際にはバルト自身がバルトを論じたユニークな自伝になっている点で、叢書の趣旨を裏切るものである。同時に、この小さな自伝は、自らを「彼」として小説の一人物のように扱う多数の断章から成り立つことにより、自伝の常識を覆してもいる。他方、写真論ないし写真本の体裁を持つ後者は、その話題の中心をなす、温室で撮られた子供時代の母親の写真を収録しないことによって、写真本というジャンルを転倒する。それがコンパニョンの考えなのだが、この見方に立てば、本書は「書簡の時代」を表題に掲げ、バルトから受け取った書簡を四十年近い時間を経て物置の奥から探し出しては再読するプロセスを縦糸に配しているものの、一通の手紙もじかに引用することがない点で、書簡に基づく評伝の常道をわざと逸脱している。既存ジャンルを転倒する注文本というバルトの著作の二重の特徴を、本書は図らずも、あるいは巧妙に、踏襲しているのである。既存の型に入ってのち、その変形ないし転覆のなかに創造性を発揮することこそ、コンパニョンがバルトから学び取ったもう一つの教えであり、彼自身が言う前衛の後衛、後衛の前衛としての真のモダンが開拓すべき一形式でもあったように思われる。

二〇一六年十一月

中地 義和

著者略歴

（Antoine Compagnon）

1950年，ベルギー，ブリュッセルに生まれ，父親の勤務の関係で，十代の数年をアメリカ合衆国で過ごした．理工科大学校，国立土木学校という理系のエリート校を卒業したが，その後，本格的な文学研究を志した．パリ・ソルボンヌ大学教授を経て，2006年よりコレージュ・ド・フランス教授（「フランス近現代文学：歴史・批評・理論」講座）．コロンビア大学教授を兼任．プルースト，モンテーニュ，ボードレール，文学史，文学理論に関する著書が多数あり，そのうち『近代芸術の五つのパラドックス』（中地義和訳，水声社），『文学における理論と常識』（中地義和・吉川一義訳，岩波書店），『第二の手：または引用の作業』（今井勉訳，水声社），『アンチモダン：反近代の精神史』（松澤和弘監訳，名古屋大学出版会），『寝る前5分のモンテーニュ』（宮下志朗・山上浩嗣訳，白水社）の邦訳がある．また，『ロラン・バルトの遺産』（石川美子・中地義和訳，みすず書房）に，「ロラン・バルトの小説」が収録されている．1997年以来，東京大学，京都大学，日本学術振興会の招きでたびたび来日している．

訳者略歴

中地義和〈なかじ・よしかず〉1952年生まれ．専攻はフランス近代詩とりわけランボー．東京大学文学部教授．著書『ランボー：精霊と道化のあいだ』（青土社），『ランボー自画像の詩学』（岩波書店）など．訳書に上記コンパニョンの著作，『ランボー全集』（共訳，青土社），『黄金探索者』『隔離の島』『嵐』『ル・クレジオ，映画を語る』ほか，ル・クレジオの小説・エッセイ多数，『ロマネスクの誘惑』（ロラン・バルト著作集9，みすず書房）など．

アントワーヌ・コンパニョン
書簡の時代
ロラン・バルト晩年の肖像
中地義和訳

2016年11月30日　印刷
2016年12月10日　発行

発行所　株式会社 みすず書房
〒113-0033 東京都文京区本郷5丁目32-21
電話 03-3814-0131(営業) 03-3815-9181(編集)
http://www.msz.co.jp

本文組版　キャップス
本文印刷所　精興社
扉・表紙・カバー印刷所　リヒトプランニング
製本所　松岳社

ISBN 978-4-622-08563-8
[しょかんのじだい]

ロラン・バルト著作集

全10巻

1	文学のユートピア 1942-1954	渡辺諒訳	5200
2	演劇のエクリチュール 1955-1957	大野多加志訳	4200
3	現代社会の神話 1957	下澤和義訳	品切
4	記号学への夢 1958-1964	塚本昌則訳	5200
5	批評をめぐる試み 1964	吉村和明訳	5500
6	テクスト理論の愉しみ 1965-1970	野村正人訳	5000
7	記号の国 1970	石川美子訳	品切
8	断章としての身体 1971-1974	吉村和明訳	続刊
9	ロマネスクの誘惑 1975-1977	中地義和訳	5200
10	新たな生のほうへ 1978-1980	石川美子訳	4200

（価格は税別です）